金牌小说

Awarded Novels

长青藤国际大奖小说书系

你那样勇敢

Call It Courage

〔美〕阿姆斯特朗·斯佩里 著

李玉婷 译

晨光出版社

什么是勇气

　　勇气，似乎是童书绕不开的主题之一。获得勇气的必经之路，大抵是直面自己的弱点，克服内心的恐惧。《你那样勇敢》正是这样一本童书。作者阿姆斯特朗·斯佩里是美国知名儿童文学家，1940 年的这部作品荣膺次年纽伯瑞儿童文学奖金奖。

　　《你那样勇敢》，讲述了一个名叫玛法图的男孩，在十五岁那年，负气离开家乡希库埃鲁，驾着舷外支架独木舟，走出去面对他最为恐惧的东西——大海。玛法图生于海岛，自幼与海为伴。然而，在三岁那年，一场可怕的风暴，把他和母亲的独木舟卷入深海。母亲垂死之际，把他从海神莫阿那贪婪的手中抢了回来。自此之后，玛法图始终无法忘记母亲冰凉的脖颈，无法摆脱对大海的恐惧。

更可怕的是，他的名字玛法图，偏偏意喻"勇敢的心"。在他生活的希库埃鲁，波利尼西亚人崇拜勇气。而他，玛法图，一个理应勇敢无畏却怯懦的男孩，又偏偏是部落伟大首领塔瓦纳·弩伊的儿子。渐渐地，族人的同情，变成失望；同龄的男孩子们，毫不掩饰地对他轻蔑和揶揄；渔民们甚至不愿让玛法图同行，以免招来晦气；他的父亲，越发寡言少语。

"他是个胆小鬼。""他永远不可能成为一名勇士。""玛法图是个懦夫。"……

必须做点什么！必须证明自己！必须让父亲为之骄傲！那个月夜，玛法图纵身跃入独木舟，驶向无边无际的大海。此后，充满未知的旅程里，陪伴他的，只有黄狗尤里和信天翁奇微。而他要面对的，将是无情的大海，荒无人烟的海岛，凶残的野猪，嗜血的鲨鱼，可怖的巨型章鱼，传说中的黑暗食人族，还有那无尽的孤独。

当然，玛法图战胜了这一切。他用自己的双手和智慧，凭借十五年里习得的生存技能，制造工具，取得火种，准备返乡。在踉跄着重新踏上希库埃鲁沙滩的那一刻，他衣衫褴褛，身形消瘦，眼里却燃烧着勇敢的火焰。玛法图，找到真正属于他自己的那颗勇敢之心。

和所有平凡人物成长为传奇英雄的故事一样，《你那样勇敢》的主线，是玛法图独自一人在海上漂流和在荒岛生存的历险故事。作者借玛法图的眼睛，带着读者领略南太平洋岛屿的自然风貌；用跌宕起伏的情节，生动展示主人公从懦弱少年到海上勇士的蜕变。

但这绝不仅是一个荒野求生的故事。战胜大海的神秘力量，和各种令人恐惧的生物殊死搏斗，自然是勇气。倾听内心，忠于自我，也何尝不是勇气。《纽约先驱论坛报》在评价这部作品的时候，说道："十余岁男孩子的性格，受情绪的影响也许远比理性更多。"玛法图离开希库埃鲁的决定，大概不会是精心计算的结果，更多是情绪的一时冲动。然而，他听从内心的渴望，迈出第一步，所需要的勇气，并不比日后在海上漂泊时要少。

勇敢的心，并非无所畏惧。在一部名为《勇敢的心》的著名电影里，华莱士临刑前向神祈祷，"我很害怕，请赐予我力量去面对死亡吧"，因为他并不知道，能否在莫大的痛苦前坚持住自己的信仰。玛法图也一样，我们亦是如此。勇士，不是天生的英雄，而是在平凡的日子里，在痛苦的磨砺前，在看清自己的懦弱后，仍有坚持下去的勇气。

李玉婷

Call It Courage

Contents

目录

一 我是波利尼西亚人

Chapter one

　　这是发生在很多年以前的事了。那时候，商人和传教士尚未踏入南太平洋，波利尼西亚人仍然数量庞大，生性勇猛。可是直到今天，入夜以后，希库埃鲁人仍然会围坐在篝火旁，唱颂着这个故事。故事的主人公是玛法图，那个胆小的男孩。

　　早年的波利尼西亚人崇拜勇气。那种精神，曾经激励他们早在信史之前就划着独木帆船横跨太平洋，不畏前路艰险，也不惧命途多舛，至今仍在他们血脉中流淌。那里只有勇气。一个胆小的人，在这群人中岂有容身之地？这个叫玛法图的男孩——希库埃鲁伟大的首领塔瓦纳·弩伊的儿子——生性胆小。于是，人们排挤他。不是借用暴力，而是通过冷漠。

玛法图独自一人出走，去面对让他最恐惧的东西。如今的希库埃鲁人仍然会在夜晚的篝火边，吟咏着他的故事。

是大海。他在海边出生，自幼与海为伴。大海的轰鸣不绝于耳：海水撞击礁石的巨响，日落时分海水的浅吟低唱，海上风暴的狂呼怒吼——不论他身向何方，举目所见都是——大海。

他不太记得，从什么时候开始，对大海的恐惧笼罩了他，挥之不去。也许是他三岁那年，可怕的飓风横扫希库埃鲁的时候。即便是现在，十二年过去了，玛法图还能清楚记起那个可怕的上午。母亲带着他去堤礁一带寻找藏身礁池之中的海胆。还有其他几只独木舟，相距较远，沿着礁石零星散落。日暮将至，其他渔民纷纷调转船头，准备返航。他们朝玛法图的母亲大声呼喊，警示危险。那是飓风季，希库埃鲁人倍感紧张不安，似乎充满着动物一般的敏锐直觉，时刻警惕着那迫近的风暴。

但当玛法图的母亲终于调头朝海岸划去时，一股湍流已涌向水道两侧的礁石：汇合的骇浪有如推动水车的湍流般涌入茫茫大海。骏波虎浪死死地卷住脆弱的独木舟。任凭她使出浑身解数，也无法控制独木舟，任其被翻滚的海浪推上波峰，越过暗礁间的水道，飘向外海。

玛法图永远忘不了母亲绝望的呼喊。当时，他并不知道那意味着什么；然而，他能感觉到，一定有特别可怕的事发生，便开始号啕大哭。夜幕迅速降临，快得像军舰鸟振翅一般，黑暗包裹住曾经熟悉的世界。外海上的风呼啸而来，像是阵阵咆哮。波浪此起彼伏，相互撞击着，波峰仿佛发出嘶嘶声，激得水花四溅。用来连接舷外支架和独木舟坐板的长杆被汹涌的海浪无情摧毁。就在独木舟倾覆之际，母亲纵身一跃，拼命抓住她的孩子。冰冷的海水冲向小男孩，他不得不大口喘气。他紧紧环住母亲的脖子。海神莫阿那,似乎正向他们伸出大手,想把他们拽入黑暗深渊。

远离希库埃鲁环礁,只有北面那个被漆黑夜色笼罩着的无人小岛——特科科塔环礁。它不过是快被淹没的珊瑚岩礁。湍流迅猛逼近小岛。

天将破晓,母亲仍紧紧抓住黄槿树干做的蒿,小男孩双臂扣住母亲的脖子。凉薄的微光下,隐约可见鲨鱼环伺……年幼的玛法图把头深深埋进母亲冰凉的脖颈里。他异常恐惧。他甚至忘记喉咙干渴得火烧火燎。特科科塔环礁上的棕榈树,像是那最后一线生机在朝他们招手,母亲于是拼了命游向前去。

他们终于被冲上珊瑚礁顶,玛法图的母亲竭尽全力爬上岸，用最后一丝力气，把她的孩子从大海贪婪的手中抢了回来。孩子奄奄一息，连哭的力气都没有了。母亲手边是一个被砸开的椰子，她在临死前仍想方设法地把还能吃的凉椰子肉塞到孩子嘴边。

有时候，夜半时分，寂静无人，皓月当空。月华如练，像银色缎带般，洒落在露兜树树叶编织的垫子上。整个村子都在酣睡，只有玛法图睡不着，就那么直直地坐着。大海无时无刻不胁迫着礁石，发出绵延不绝的咆哮。大海……男孩四肢突然止不住地颤抖，额头渗出一阵冷汗。玛法图似乎又见到了那些渔夫的脸，他们找到了已经死去的母亲，和她那抽噎不止的孩子。这些画面，总是在他的梦里萦绕，久久不去。每当大海从远方卷起威猛的巨浪，一路奔袭至希库埃鲁环礁，让整个岛屿在海浪猛烈的撞击下瑟瑟发抖，他都会不寒而栗。

　　也许这就是一切的开始。玛法图的父亲，曾经骄傲地为他取这个名字，意喻"勇敢的心"，然而，他却对大海充满恐惧。将来他能成为怎样的渔人？他又如何率领族人与其他海岛的勇士作战？这些闲言碎语难免传到玛法图父亲的耳朵里，这个男人日渐沉默、严肃。

　　老人们并非不善待小男孩，他们相信，是图帕狍——在婴儿出生之时趁机控制他们的那个亡灵——的过错。然而，女孩子们嘲笑他，男孩子们不和他一起做游戏。似乎只有他一个人能听见从礁石那里传来一个声音，好像在说："玛法图，上次是你侥幸，但总有一天，总有一天，我会来索取你的性命！"

玛法图的继母对他有些许同情，可同父异母的弟弟们却毫不掩饰对他的轻蔑。

"听，"他们讥笑说，"海神莫阿那，在礁石那里咆哮呢。都怪胆小的玛法图，他才会对我们所有人生气！"

男孩慢慢学会了对这些嘲弄置之不理，可父亲的沉默越发让他感到羞愧。他曾竭力试图克服对大海的恐惧。有时候，他会鼓起勇气，和塔瓦纳·弩伊还有弟弟们一起越过礁石去捕鱼。在那里，大海的涟漪透明如玻璃，小小的独木舟随着海浪起落，那些画面涌上男孩心头，头皮一阵发麻：画面里的他，还是个婴孩，紧紧贴靠在母亲背上……鲨鱼游来游去……这些画面让他神思不定，于是，他要么不小心将长矛掉落船外，要么在错误的时机放松鱼线让鱼儿逃脱。

显然大家都认为，玛法图在海上没有一点价值。他永远不可能在部落里为自己赢得一席之地。勇敢的心——他父亲在念起这个名字时，该会是多么苦闷！

最终，他被禁止与渔民们同行。因为大家觉得他会招来晦气。他只能在家织网做矛，把椰子壳上粗糙的纤维搓成坚实的鲨线给其他男孩子使用。他对这些手艺很快驾轻就熟起来，可心里却恨透了它们。他胸中似乎不是心脏，而是一块大石。

　　一只再普通不过的黄狗，唤作尤里，成了玛法图形影不离的伙伴——尤里只有浅浅一层皮毛，肋骨的轮廓都能看清，眼神茫然又真挚。它总是紧紧跟着男孩。他们还有唯一一个朋友，是一只叫奇微的信天翁。某次，男孩独自徘徊，偶遇了这只鸟。奇微的一只脚比另一只略小一些。也许是因为它与同类们不一样，其他成年鸟总是欺负这只幼鸟。这只小鸟对比它强大的同类的竭力反抗触动了男孩的内心。他抱起小鸟，带它回家——从潟湖的浅水处抓鱼喂养它。这只鸟一瘸一拐，追随着玛法图和尤里。终于有一天，这只年幼的信天翁学会了飞翔，

开始自己捕食。它平静地翱翔在蓝天上，飞得如此完美。玛法图羡慕地望着它轻松飞行的轨迹。要是他，也能离开希库埃鲁，逃往远方某个世界，该有多好！

　　　　　　　〰〰〰〰

　　眼看飓风季又要来临。人人焦虑地审视天色，观察暴风来临的迹象，它们随时可能给他们的世界带来灭顶之灾。很快，鲣鱼群就要游过礁石而来——数以百计、数以千计——每年这个时候，随着潮汐如期而至。它们是专属于年轻男孩的猎物，通过捕杀鲣鱼的锻炼，男孩们才能循序渐进，最终掌握足以杀死剑鱼和虎鲨的技巧。村子里每个男孩子，此刻都在削尖长矛，检查矛柄，打磨鲨刀，跃跃欲试。

每个男孩子都严阵以待，除了玛法图。

一天下午，卡纳过来看玛法图织网。同龄的男孩子里，只有卡纳对他友善。有时候，他还会在别人出海捕鱼的时候，特意留下来给玛法图搭把手。

"鲣鱼开始游了，玛法图。"卡纳轻声说。

"嗯。"玛法图应了一声，又沉默不语。他的手指原本穿梭于麻绳之间，流利地编织着渔网，不由得顿住了片刻。

"我父亲今天从礁石那边回来，"卡纳继续说，"说那里已经有很多鲣鱼了。我们明天就要出发去捕鲣鱼了。那是我们必须要做的事。应该会有意思，对吧？"

玛法图指节发白。耳朵里不断回响起大海的

咆哮……

"应该会有意思，你说呢？"卡纳追问道，紧盯着玛法图。男孩一句话也不说。卡纳本想再说点什么；突然，他打住话头，急不可待地转身离开了。玛法图想要朝他大喊："等等，卡纳！我去！我会试试——"可这些话，怎么也说不出口。卡纳消失了。明天，他和所有其他男孩子，会驾着他们的独木舟，划过礁石。日落时分，他们将满载着鲣鱼归来，笑意写在脸上，呼声响彻长空。他们的父亲将充满骄傲地说："看我的儿子，多好的渔夫！将来他会成为最好的那个。"唯独塔瓦纳·弩伊沉默着。他的儿子，根本没能去捕鱼。

那天夜里，一弯新月从海天相接之处升起，银色月光洒落大地，有如仙境。玛法图带上尤里，沿着海滩徘徊，他仿佛听见笑声传来，匆忙躲进一棵露兜树的黑色树影里。一群男孩子正一边把他们的独木舟拖过最高水位线，一边盘算计划着明天的行动。他们言语中充满了急切之情。

"等明天，天一破晓……"一个声音说。

"到时候会有提米、塔普、维里……"

"太棒了！"另一个声音插话说，"咱们得齐心协力。要不我们怎么能成为真正的渔民和勇士呢？不然将来我们怎么喂饱家人并让部落生存下去？"

"没错！希库埃鲁太贫瘠了。只能从海里捕鱼。只有英勇无畏的人才能找来食物。我们全都得去——一个也不能少！"

　　玛法图躲在树影里，全身紧绷，突然听见一声轻蔑的笑。他的心一紧。"不是我们所有人都会去，"他听见卡纳的嘲笑声，"玛法图就不会！"

　　"哈！他是个胆小鬼。"

　　"他做得一手好矛。"维里不带偏见地提到。

　　"哼！那是妇人做的事。玛法图怕死了大海。他永远不可能成为一名勇士。"卡纳又笑道，他言语中的轻蔑像一把锋利的长矛，刺穿了玛法图的心。"唉！"卡纳说，"我曾经试图对他友好些。可他只知道做矛。玛法图是个懦夫。"

　　男孩子们消失在月光照亮的海滩尽头。他们的笑声还在夜晚的空气中回荡。玛法图愣愣地呆站在那里。卡纳说出来了；他一下子说出了全部落人真实的想法。玛法图——勇敢的心——是个懦夫。他就是那个胆小的男孩。

他的手又湿又冷。他把指甲深深地攥入掌心。突然，一股强烈的怨恨袭上心头。那一瞬间，他明白了自己必须要做什么：必须向自己，向所有人证明他的勇气，否则他在这里将无地自容。他必须直面海神莫阿那——直面他，并征服他。他必须这么做。

男孩站在那里，神色紧绷，如箭在弦上。往南边去，那里有其他岛……他深吸一口气。只要他设法成功抵达一个遥远的岛，他就能在陌生人中间为自己赢得一席之地。若无法证明自我，他绝不打算再回到希库埃鲁。他要骄傲地荣归故里，这样就会听到父亲说："这就是我的儿子，勇敢的心。唯有勇敢的男孩才配得上这个勇敢的名字。"玛法图紧握双拳，只觉得眼皮生疼，他猛地闭上眼睛，牙齿紧紧咬住下唇。

远处的圣歌堂里，长者们聚在一起唱着歌。他们悠扬的歌声，充盈了这个夜晚。他们歌唱驾驶独木舟扬帆远航，还有饥饿、干渴和战斗。他们歌唱英雄的壮举。男孩额前湿漉漉的头发卷在一起；从礁石那边传来连绵不绝的闷响，像是给他的示警。尤里在他身边，用凉凉的鼻头轻触着主人的手。玛法图把小狗拉近了些。

"我们这就出发，尤里，"他声音很小却非常坚定，"去南边那些岛。"

　　弦外支架独木舟直立着靠在沙滩上，像一排瘦长的鱼。男孩悄无声息地穿过沙滩。他的心脏几乎要跳到嗓子眼儿了。他把半打青椰子和他的鱼矛抛进离他最近的那只独木舟。他先给自己的腰巾打上一个象征勇敢的结，又拾起一只桨，呼唤尤里过来。黄狗纵身一跃，跳进船头。只剩奇微——玛法图会想念他的信天翁。他仔细在夜空中搜寻它的影子，遍寻不着，只好放弃，掉头离开。

　　潟湖面平如镜。满天繁星，倒映在海上，如火光点点。男孩推舟入水后爬进船尾。他默默推桨向前，每划一次桨，独木舟便前进半个船身。他一点点向堤礁驶去，海浪的咆哮声也越发清晰真切。似曾相识的恐惧让他胃里一阵痉挛，划桨的双手也不由得颤抖起来。部落长者们的歌声渐渐微弱。

礁石那边传来的咆哮声越来越响：那是一种绵延不绝，沉闷却有力的响声，似乎不像是从空中传来，更像是来自这深海。潜藏在远处的是一个可怕的世界，是无尽的海水和猛烈的海风。那里，有他最恐惧的一切。男孩紧紧握住船桨。抛在身后的，是那份安全感，免于大海威胁的安全感。被他们嗤笑有什么关系？有那么一瞬间，他几乎想要掉头回去。突然，他好像又听见卡纳的声音在说："玛法图是个懦夫。"

退潮的海水拽着独木舟往前走。小小的船，像是无根的浮萍，随着翻滚搅动的海浪前进。已经没有退路了……

男孩察觉天空中传来一阵旋风，似乎是一双强大的翅膀猛地一振。他朝天空张望，又惊又喜。是奇微，他的信天翁。玛法图的心亮了起来。鸟儿悠然盘旋着，翅膀披着一层银色的月光。它在船头短暂萦绕，缓缓上升，轻巧地在空中飞行，穿过礁石间的水道，飞向无边无际的外海。

玛法图握紧转向桨，跟随着它的轨迹。

二 海神莫阿那与渔夫之神毛伊

Chapter two

天亮了，周围灰蒙蒙，一片阴郁。独木舟在玻璃一般透明的海浪上安然地漂浮着。玛法图转头回望，试图在身后的海平面上搜寻希库埃鲁的踪影；可那环礁早已消失不见，似乎故意躲了起来不想被他发现，就此断了他的念想。

独木舟上编织的帆在无用地啪啪作响。或许根本用不着帆：小小的独木舟正借助神秘的洋流，随着它们的方向，穿过浩渺无边的太平洋——这个被祖先们叫作阿拉·莫阿那的海上通道。正是这些洋流，载着曾经的那些波利尼西亚航海家，在人类文明萌芽之际，从一个岛屿驶向另一个岛屿。玛法图已慢慢地愈发飘远至家乡之外。

奇微一振翅，从独木舟船头飞向天空。鸟儿盘旋而上，越飞越高，化作一颗灰色的小点，逐渐隐身于浅灰色的天幕之中。玛法图凝望着他的信天翁直至消失不见，觉得心中一阵孤寂袭来。现在只剩尤里还陪着他，漂浮在这危机四伏的海天之间。尤里……黄狗蜷在船头的阴凉角，不时睁眼看看它的主人。无论玛法图去哪里，尤里总会形影不离。

放眼望去，目力所及之处，都是一片死寂的海水。独木舟仿佛成了一个被一圈圈泛开的海水包围

着的移动中心。男孩打了个冷战。他的手指紧紧握
住船桨，紧到不住抽筋起来。他想到了卡纳和其他
男孩子——等他们发现自己不见了，会说些什么？
还有塔瓦纳·弩伊——他父亲心里可否会感到悲
伤？他会不会以为，海神莫阿那最终还是取走了他
儿子的性命？

　　风暴来临的季节，世界变得死气沉沉，透着种
种不祥之兆。半英里之外，一条鲸鱼将它油光滑
亮的身躯翘出海面，朝空中喷出一股水汽；很快它
又沉入水底，几乎没有留下一丝曾经来过这里的痕
迹。一大群飞鱼跃出水面，如银色闪电，飞驰而去。
一条海豚紧随其后，追逐着鱼群，它离男孩仅咫尺
之遥，男孩几乎能听见它呼吸的声音。海洋世界，

遵循着大自然最残酷的生存法则。玛法图深知，大海友好的一面，只属于极少数。他曾经看见成群结队的巨型蝠鲼如舰队一般横扫希库埃鲁的潟湖，搅得海水汹涌翻滚；他也曾经看见庞大的抹香鲸被围攻它的虎鲸瞬间撕成碎片；他还曾经看见一只巨型章鱼，和琼崖海棠的树干一般大，触手足足有三十英尺长，从堤礁外深达一英里的海底浮上来……唉，大海呀！

　　玛法图敲开一只青椰，头微微后仰，凉凉的椰汁缓缓流进他燥热的喉咙；椰汁比泉水还要清爽，即便在最炎热的夏天也无比清凉，而且和食物一样有营养。男孩把像凝胶一样的椰肉挖出来给尤里，它心满意足地吃了个精光。

拽着独木舟前行的洋流，速度好像快了些。似乎也起风了，劲风疾而短。这突如其来的一击，让独木舟猛地倾向一侧，玛法图急忙扑向舷外支架，试图用自己的体重稳住小船；疾风戛然而止，独木舟自己稳定了下来，男孩长舒一口气。他在天空中搜寻奇微的踪影。海上有成百上千的海鸟迎风飞舞，他的信天翁也许就在其中，又或许，它彻底消失了，抛下它的朋友孤立无援。这只鸟儿曾经引领玛法图穿过礁石间隙的通路划向外海，到此似乎弃他而去。

风暴正在聚积，从赤道南北那神秘的环带——飓风的家乡——席卷而来。风骤然转向，风速陡增。玛法图迅速把船帆降下来，紧紧握住转向桨，手指关节渐渐发白。翻滚的海水包围着他，波谷呈深灰色，波坡则泛着绿光。疾风冲击着波峰，往空中卷起阵阵水浪。阵风，像是一支渐渐逼近的军队率先派出的侦察兵，冲向独木舟，猛烈地撞击着它。玛法图忙于划桨，根本没有时间多想。他向渔夫之神毛伊祷告："毛伊啊！平息汹涌的海浪吧！"

说不出来为什么，但是听见自己的声音，让他安心了一些。尤里抬起头，竖起耳朵，用力地摆动着尾巴。独木舟被海浪托举起来，轻得像一只海鸥，旋即又如雪橇一般，沿着满是白色泡沫的波浪滑下来。多么精湛的技艺才能打造出这只小小的独木舟！这只独木舟，是用高大结实的琼崖海棠树干挖空制成。它能屈能伸，乘风破浪，驾驭着这世间最凶猛的元素。

天色暗了下来。一道强光划破天际，照亮大海，亮光那么不可思议。随即，雷声轰隆，撼动整个世界。又是一道闪电，击中訇然作响的大海。玛法图看得目瞪口呆。现在，一切都只能靠他自己了。隆隆雷声随着闪电击出的火球一起渐渐隐去，电光火石之间，隐约可见墨黑的海水如山峦耸立，波涛汹涌，此起彼伏……这单薄的独木舟，还能支撑多久？在风浪的双重打击之下，似乎最终会有什么东西不得不放弃抵抗。风越来越猛烈，溅起的海浪刺痛着男孩的皮肤，迷着他的双眼，冷彻骨髓。

船帆首先放弃了抵抗——轰的一声撕裂开来。碎片被狂风裹挟而去。固定桅杆的绳子，发出弹拨琴弦一般的嗡嗡声。伴着一声幽怨的折裂声，桅杆折断了。玛法图还没来得及跳过去把断裂的桅杆切掉，它就彻底折断，消失在翻滚的黑水之中了。男孩紧握着船桨，竭力不让独木舟转向侧面。海水灌进独木舟，旋即又飞溅出去。全靠琼崖海棠树干自身的浮力，让这只小舟漂在海面上。尤里蜷缩在船头，半身没入水中，它的嚎叫完全淹没在浊浪排空般的咆哮之中。玛法图拼尽全力稳住船桨，一种无可名状的恐惧感，反倒给了他力量。这就是他一直惧怕的大海，它正卷起巨浪，要取走他的性命，一如它曾经对他母亲所做的一样。他完全有理由恐惧大海啊！海神莫阿那，一直伺机而动……"总有一天，玛法图，我会来索取你的性命！"

男孩对时间完全失去了意识。这一片混乱之中，他每条神经都麻木了。风，在头顶嚎叫，玛法图仍旧用力握住被狂风大浪不断猛袭的转向桨；力气似乎已经用尽，只剩求生的意志还在支撑着他，手指紧扣住船桨的把干。哪怕死亡，也不足以让这顽强的手指松开。他驾驶着小小的独木舟，直面迎击风浪。

独木舟前方掀起一股巨浪。男孩见过无数海浪，却从未见过如此巨大的浪，洪水猛兽般，青面獠牙，来势汹汹。巨浪越来越高，几乎要把低空中的云朵一并卷下来。浪峰高耸发出巨大的叹息声。男孩眼睁睁地看着它朝自己扑过来。他想要大声呼喊。喉咙却发不出一点声音。突然间，巨浪倾覆而下。压

碎一切。混乱！玛法图感觉手中的桨被折断了。耳朵里阵阵轰鸣。海水快要让他窒息。恐惧压迫着灵魂。独木舟歪斜着跌进波谷。男孩纵身一跃，双臂环抱住独木舟中间的坐板。世界末日，大概就是这样吧。

巨浪过去了。惊恐之余，玛法图气喘吁吁地抬起头往外看，大口喘气。他几乎不敢相信自己还活着。只见尤里被卡在船头里，喘不过气。玛法图连忙把它拽出来。接着，他发现自己随身携带的那串青椰不见了。他的鱼矛也不见了。他用树皮结绳绑在脖子上的刀也被卷走了。用树皮布做成的腰巾，被水浸透之后也掉了。他赤裸着身体，无力还击，既没有食物，也没了武器，被飓风的气流裹挟着。

他的感官都麻木了，像沙滩上的贝壳一样，内里空空如也，然而，他还死死抓住那一线生机，等待时间流逝……

　　风暴一点一点平息下去，男孩起初并没有察觉。风势渐渐减弱，像是把自己吹进了世界的虚无里。尤里爬到憔悴的男孩身边，微微颤抖，轻声呜咽。

　　黑夜来了，又走了。

〈〉〉〉〉〉〉

　　海上日出是如此直接，没有一丁点晨雾阻挡，在无边无尽的波浪另一端，旭日就这么跳了出来。远方，一只信天翁在空中翻飞，翅膀被朝阳的光芒染上金色。唯独从翻滚搅动的海水中，还能看出风暴来过的痕迹。太阳缓缓攀升，炎热的上午越发难熬，日头像是希库埃鲁神圣的毛利会堂上的圣火，烤灼着男孩的身体。玛法图皮肤上起了好多水泡，都皲裂了，舌根在喉咙里肿胀着。他想要向毛伊祈祷，可声音嘶哑；发出的声音，不过是粗砺的哭喊。独木舟的船帆和桅杆已经被风暴夺走，又缺了船桨在这激流中指引方向，只能左右摇摆着，随波逐流。

时间不知不觉流逝，男孩和他的狗，被极度干渴的痛苦折磨着，在断断续续的抽搐中，不时昏睡过去。太阳，像是一只无法摆脱的眼睛，目光灼灼地炙烤着他们。飞奔的水流托着玛法图的独木舟，像是要把它送往某个神秘的终点。

就这样，一天过去了，夜幕再次降临，暂时让他们免受烈日灼烤。

〜〜〜〜

　　空气微微发亮，预示着新的一天的到来。闷热的晨雾中，大海现出真容，紫色与蓝色交错。恐惧也随着新的一天一起到来。玛法图试着不去想它，试着否认它的存在；可它伸出潮湿的手指，紧紧钳住他的心脏，扼住他的喉咙。他瘫倒在独木舟里，把脸深深埋进自己的臂弯里。那时候，他一定大声地哭着。尽管声音已经沙哑得只剩嘶嘶声，他还是惊动了尤里：它有气无力地摇了摇那毛发蓬乱的尾巴。仿佛呜咽了一声，尤里使劲把它那热乎乎的鼻头凑到玛法图的手边。

　　他的小狗勉力摇尾巴的动作，深深触动了玛法图。他一把将小狗揽到身边，一份新的自信，一种新的力量，突然充满全身。如果连尤里都不畏惧死亡，那自然他，玛法图，起码也要做到不落后！就在那一刻，他听见空中传来一阵呼啸，是振翅的声音……抬头一看，男孩原本枯涩麻木的眼睛里出现了一只信天翁舒张的翅膀，盘旋在独木舟之上。

"奇微！"玛法图嘶哑着哭喊道，"喂！奇微！"

正当他在呼喊，鸟儿缓缓地盘旋，便径直朝遥远的海平线飞去。玛法图瞬间意识到，海浪正载着他朝西南方而去。奇微的飞行轨迹与之几乎精确平行。这一次，他的信天翁似乎又来为他领路，就像它曾带领着独木舟驶出希库埃鲁一样。

玛法图审视着海平线尽头，它看起来像是一块被切割过的石头的坚硬边缘一般。突然，男孩的心猛地跳了一下，猛然探身向前。不可能！恐怕只是一朵云……可海上万里无云。海天相接之处，波光之中似乎有个什么东西，既不像海，也不是天。波浪起伏不定，浪头升高一些，现在似乎看清楚了，浪头落下，现在似乎又遮掩住了。海平线上的那个影子——是陆地！男孩纵身往前，浑身不由自主地颤抖起来。

他双手抱住尤里，将它高高举起，喜极而泣："尤里！尤里！是陆地。陆地！"

尤里嗅了嗅空气，弱弱发出一声呜咽。

这会是哪座岛呢？是黄金岛塔希提吗？那里的人说的语言和希库埃鲁相似。又或者，它是不是那些食人族的黑暗岛之一呢？

海流转向西行，西边正是那些黑暗岛所在……

独木舟就这么漂了一整天，男孩死死盯着远方影影绰绰的陆地的影子，生怕它一转眼就没入大海，消失不见。饥渴的感觉被慢慢遗忘了。当下只剩一个念想：陆地——从大海逃生。虽然已经虚弱不已，他还是紧紧抱住坐板，低吟着充满感恩的祷告。日头西下，随着独木舟越漂越近，小岛的形状清晰分明起来。这岛是一座高山，山谷的幽蓝映衬着灰白的天色。时间一点点过去，海浪一点点推进，小岛似乎越升越高，玛法图越发好奇了。希库埃鲁，是他唯一见过的岛屿，像他的手掌一样平整；可这个陌生的岛，孤峰高耸。从海岸到青涩山麓，树木郁郁葱葱，层层叠叠。尤里也看见了大陆，兴奋地抖动。

突然，从远处礁石带传来一声闷响：那是海浪重击堤礁的轰鸣。那声响——是莫阿那的声音吗？"总有一天，玛法图，总有一天。"男孩不自觉地瑟瑟发抖。海神的威胁，能否有一天从他耳畔彻底消失呢？

玛法图完全无力驾驭独木舟。他能感觉到，海浪变急。他只能眼看着小小的独木舟，迅猛有如身后的海鸥，奔向从海岛方向退下来的海浪，两股湍流相遇，翻腾澎湃。海浪的另一边，似乎有一群为劳作所苦的幽灵渔夫在合唱：那些海鸟，总是抱怨，永不安宁；稍轻一些，却越发明显的是另一个声音——礁石的声音，随着落日西沉，发出像是母亲安抚孩子的呢喃声。

夜幕悄然降临，笼罩着整个世界。没有月亮，但漆黑的天幕上，繁星闪烁，星罗棋布：满天星斗就是这黑夜里的皎阳吧。在玛法图眼里，因为陆地近了，星星们仿佛近在咫尺，愈发亲切。南十字座最底下的那颗星，指向世界的尽头……陆地方向微风袭来，带着馥郁的花香，飘过墨色的大海，清香撩人，略微伤感。

男孩干渴难耐，有些昏昏欲睡。他努力挣脱困意，像一个精疲力竭的游泳者在激流中垂死挣扎，然而，他的头还是越来越沉，眼睛终于闭上了。

半夜时分，他被惊醒，耳边传来一阵雷鸣般的骚动。突然，他只觉得独木舟被高高托起，甩到空中。接着猛地坠落触礁，撞成碎片。玛法图和尤里迎头扎进了翻滚的海浪里。

被冰冷的海水一激，玛法图清醒了一半。他盲目地游起来，争取一线生机。尤里——它在哪里？不见黄狗的踪影。男孩猜想，独木舟一定是撞到了环礁，因为这里的海水如此平静，不为海风或潮汐所扰。现在，他游着游着……前面，有一片狭长的沙滩，夜色里沙子泛着白光，引诱着他不断往前。他的身体，就这么机械地往前游。唯有靠求生的意志支撑着。夜幕里那一道沙白——他瞟见一条鲨鱼的肚皮，触手可及，置之不理，继续往前游。他的四肢似乎不受任何阻碍，在海水里自由前进。

突然间，脚下感觉到踏实的东西。沙子。玛法图跟跄着、蹒跚着，跪倒在浅滩上。他的嘴唇动着，似乎在说些什么。就那么躺着，任凭海水拍打着他的身体。他半坐起来，身体摇晃着向前挪动。海滩边成排的棕榈树，在夜色中一动不动。在男孩逃离大海的这一刻，整个世界似乎都屏住了呼吸。

他又一次倒在了沙滩上，但又不知是什么动力让他拖着身体走向了丛林边缘。潺潺的流水声传到他的耳朵里，听起来像是愉悦的浅笑。水，甜甜的水……从一块被风雨侵蚀多年的岩石表面倾泻而下，这条小瀑布消失在蕨叶与青苔之间。玛法图喉咙里爆发出一声粗砺的低吼。他站起身来，随即又倒在布满青苔的水边，半张脸浸在清凉的水里。

月亮爬上了棕榈树梢。银色月光照亮了这个男孩的轮廓，饥饿消瘦，衣不蔽体，孱弱得像是强烈日光下只隐约可见的残星。月光下，还有一只湿答答的小狗，勉强爬穿过沙滩，朝他的主人爬过来。

　　玛法图一动不动地躺着。尤里用自己热乎乎的鼻头蹭了蹭男孩的脸后，便大口地喝起水来。

三 神秘的无人小岛

Chapter three

　　一道道放射状的太阳光束在东边迸射开来。玛法图动弹了几下，睁开双眼。刹那间，他忘记了是什么力量一路把他带到这片陌生的海岸，只是静静地躺在清凉的青苔上。没过多久，他所经历的那一切统统涌上心头，他简直不敢相信，脚下是土地，结实的土地；他简直不敢相信，海神莫阿那，又一次被骗了过去。他挣扎着坐起身来，可又倒向一侧，用手肘支撑着身体。尤里躺在他手边，前爪抓着一只椰子蟹，铆足了劲抓碎它坚硬的蟹壳，津津有味地吃里面的蟹肉。奇微也在，它把喙埋在翅膀里，正在酣睡。是奇微，领着它的朋友来到这个岛上……

玛法图用力坐起来。这比他想象的要费劲多了。干渴让他晕眩，四肢出奇的无力。他的右腿又肿又痛。这时候，他才想起来，当独木舟触礁的时候，他的腿猛地撞上了珊瑚。他发现小腿肚上被划开了一道深长的伤口；他必须小心处理才行，因为珊瑚划伤的创口是有毒的。

耳畔传来瀑布的汩汩声，让他意识到自己有多么急切地想要喝水。他低头探到水池里，大口喝了起来。然后，出于本能而不是思考，他停了下来，让水缓缓流进他红肿的喉咙。水的沁凉魔力在他身体中穿过，带来新的生命和恢复体力的能量。他长叹一口气，跌坐在青苔岸边，细细回味着能量重新充盈疲劳躯体的感觉。他必须尽快找到食物……这里遍布着椰子树，成千上万，树上满是翠绿的果实；可玛法图现在还没有力气爬上去。再等一会儿，他会试试看。一会儿他还要生一堆火；而且，他必须勘查一下这个小岛，看看这里是否有人居住；还有，他得给自己搭个小棚子遮风挡雨。噢，可真有不少事情等着他！简直无从下手。此刻，躺在这里就很美好，感觉力气一点点回来，知道他自己已经躲开大海的威胁。大海……他打了个冷战。渔夫之神毛伊，带着他安全地穿越了大海的洋流。

　　"尤里，"男孩喃喃低语，"我们还活着！这不全是一场噩梦。真的发生了。"

他的狗会意地摇摇尾巴，似乎是在确认这一事实。正当玛法图开始理清乱如蛛网的思绪，他突然意识到：这个寂静的小岛不是塔希提。那这是哪个岛？会不会是……天哪！它是不是属于黑色食人族？他们会不会正在丛林中注视着他，伺机而动？惊觉之下，他迅速扫视了一番。然而四周一片寂静，唯有幽灵般的燕鸥温柔的咕咕声和瀑布轻拍两岸的水声。

他的左手一侧——海岸远处，海浪拍击礁石发出隆隆轰鸣；沙滩的曲线，看起来像是两只巨大的臂膀伸展开来，把潟湖紧紧环住。椰子树和露兜树遍布小岛，像一支支军队准备挺进海滨。一群青紫色的长尾鹦鹉突然从空中掠过，旋即消失不见。没有其他生命的迹象。没有人的声音；没有孩子的欢笑；没有留在沙滩上的足迹。

作为小岛背景屹然耸立的是海拔三千英尺的火山山峰。它是早已沉寂的死火山锥。从火山锥的基底，由凝结的熔岩形成的山脊自上而下延伸到远处的海岸。很久很久以前，在鸿蒙初开之时，这座山喷着硫黄烈火，摧毁脚下的寸寸土地。然而，宽容的丛林，在经过世世代代的滋养繁育，又慢慢地爬上山坡，为它再度披上绿色青葱。

男孩站起身来，伸展他僵硬的四肢。水，重新给了他力气，让他感觉强壮了些。然而，他似乎觉得脚下的土地随着大海波动而起伏，他不得不随之摇摆才能保持平衡。他的腿还在疼着，急需用酸橙汁烧灼伤口，再用黄槿树树叶包扎。旁边就有一棵果实累累的酸橙树。他摘了半打果实，用珊瑚把它们弄开，将果汁挤到伤口上。酸汁腐蚀伤口的时候，他眉头紧皱；等他用藤蔓和树叶仔细包扎好伤口，他的腿似乎好了很多。红肿很快就会消散。

他在附近发现了一条粗糙的小路，是野猪和山羊在山间游荡时留下的足迹。小路穿过山麓通往一片高地，男孩觉得那里会是个不错的瞭望台。从那个有利位置，可以俯瞰整个小岛，还可以看见数英里之外的海域。

他沿着进入丛林的小径前行，小径傍着那湍急流水的河道。小路突然变成陡坡，玛法图抓住树根和蔓生的藤本植物把自己拉上去，时而向上攀爬，时而紧贴陡坡面匍匐行进。他时不时需要停下来，喘口气，才能继续前进。尤里在他身旁跑着，追逐着不同的气味；尖锐的犬吠声，打破这清晨的静谧。

前四分之一英里的路程里，美丽的椰子树随处可见，比希库埃鲁看见的任何一棵都更加茂盛。在火山岛肥沃的土壤上总是这样的长势。接着来到满是面包果树、野香蕉、橙子、番石榴和芒果树的地方。栗檀是岛上的栗子树，它的树根在地上盘根错节，奇形怪状。藤蔓从高处兰花盛开的树枝上蔓延下来，就像悬浮于空中的绳子，小小的长尾鹦鹉拍着翅膀迅速闪过，消失在绿荫之中。玛法图从未见过这样的密林，希库埃鲁是那样开阔，常年狂风肆虐。这里无尽的树林将他环绕，像是伸出手臂，用令人眩晕的香气和离奇怪诞的光影，将他禁锢在这里。蕨类长得比一个高个子的人还要高；繁密交错的叶子织成的屋顶上布满了细碎的花朵。

当玛法图终于走到高原的时候，他已精疲力竭，两腿生疼。他躺在火山石上，看着野山羊在更高处从一个山头跳到另一个山头，它们的咩咩叫声在如此纯净的空气里听起来格外尖锐。等缓过气，他坐起来，环顾四周。以这片高原为界，海岛似乎一分为二。从所在的位置，玛法图能看见海岛全部的轮廓。他无比渴望看见有人类居住的痕迹，但又有几分害怕：谁知道这些人是敌是友呢？他几乎也同样希望这个岛无人居住，可如果真的没有别人——意识到可能要孤身一人，他不由自主地打了个冷战。身处这陌生的海岛，他当下感到一种前所未有的孤独，哪怕是坐着小小的独木舟漂流在大海之上也不曾有过这般感受。这里的一切都是异样的，危机四伏的。

他站在那里朝西南方向眺望，心猛地一跳，不由得俯身向前眺望。远处有一个锥形，隐约像是海平线上一片浮云，实际却是另一个高耸的小岛。大概有五十英里远。正当他急切地眺望着，几乎不敢相信自己双眼所见时，只见一束白烟从锥形小岛的山峰处升向空中。他的爷爷鲁奥曾经告诉过他关于那些烟雾岛的传说，那里住着野蛮部落。它们是住着食人族的神秘岛。远处那个海岛是不是其中之一呢？他现在所在的这个岛会不会也是其中一个呢！
这真是一个可怕的想法。

正当他仔细查看着周遭环境，太平洋上刮来的
海风重重打在他身上，在耳畔呼啸。他不得不迎风
微微往前倾，才能保持平衡。风是西南风，从烟雾
岛的方向径直刮过来，搅得大海不得安宁。在堡礁
之内，海水深浅不一，呈现出渐变的色调。从高处
望去，整个世界看起来充满了光影和颜色。远处一
群海鸥在汹涌的海浪之上随风翱翔，它们粗粝的鸣
叫，此起彼伏，像是从贝壳里听到的那种永不停歇
的嗡嗡声。玛法图头顶上面，形成小岛锥体的玄武
岩有着紫水晶一样的色泽，兀自抵御着千百年来的
风侵雨蚀。

　　他发现，堡礁环抱着整个小岛。礁石带上只有两个缺口，可供独木舟进出。其中一个缺口在岛的侧面，正是玛法图被冲上岸的地方；另一个朝向西南，面对远方的烟雾岛。每个缺口，都是因小河从山上流入潟湖所形成；从海床往上建筑珊瑚礁的珊瑚虫，是无法在淡水中存活的。河水汇入大海，于是在堡礁上打开一道缺口。

　　玛法图警觉地跳了起来，原来是一只野猪在灌木丛中横冲直撞。它离得很近，男孩几乎瞥见它深色的皮。尤里紧追上去，狂吠不止。玛法图放松下来，脸上浮现一丝微笑。在尤姆地灶滚烫的石头上烤猪——噢，太美味了！光是想象这个美妙的场景，就让他口水连连。他得做一支矛，杀死这只猪，就这么定了！他激动不已，立刻行动起来。转念一想，单枪匹马杀死一头野猪，简直是异想天开。为什么，在希库埃鲁的时候，他从没敢想过这样的事！他是玛法图，那个胆小的男孩。他咬紧牙关，暗下决心。他从没见过有人杀死野猪。可鲁奥爷爷曾经去过遥远的塔希提，他说那个岛上的勇士，光靠一把刀作武器，就杀死了山里的野猪。他们把刀绑在木棍上，野猪冲过来的时候正好撞上刀刃。勇士所需要的，不过是强有力的手臂，和一颗勇敢的心。他，玛法图，有可能实现如此壮举吗？爷爷带回来一串用野猪獠牙做成的项链，玛法图一直记得，在爷爷古铜色的皮肤和深蓝色的漩涡文身衬托之下，乳白色的獠牙是那么耀眼。希库埃鲁的每个人都中意那串项链，拥有它让爷爷备受族人尊敬。

"我要亲手用獠牙给自己做一串项链，"男孩勇敢地许下承诺，"等我回到希库埃鲁，大家看到我的时候就会说：'那就是玛法图。他单枪匹马杀死了野猪！'我的父亲塔瓦纳·弩伊将为此感到无比骄傲。"

回家的憧憬触发了他一系列想法。"我必须找到一棵琼崖海棠树，做一只独木舟，"男孩大声说，"我要把它烧空，再用玄武岩做一把斧子仔细挖凿。我要用林投树编一个船帆。喔，它将是一只无与伦比的独木舟！"

正在那时，他突然看见了一棵果实累累的芒果树，顺手摘下一颗芒果，咬上一口鲜美多汁的果肉。

他大口咀嚼果肉，果汁沿着脸颊往下流。他几乎完全忘记了独木舟这回事；忘记了他需要棚屋、食物、火，还有武器。吃饱之后，他的思绪又回来了，继续畅想着美好的未来，那一天他将扬帆起航，驶向希库埃鲁，击败了所有恶魔，只剩勇气之光在他心中闪闪发亮。他再也不会被唤做"玛法图，那个胆小的男孩"。他绷直身体站立在那里，远离邪恶的大海。

"毛伊，渔夫之神，请听见我的呼唤！"他祈求道，"我发誓，总有一天我会回家。我的父亲，塔瓦纳·弩伊，将因我的回归感到无比自豪。毛伊，我现在立下誓言。言出必行。"

海风在他身边环绕，风声听起来是那么温暖、轻柔，充满安慰。毛伊，渔夫之神，他听见了，回应了。

玛法图决定在返回他那片沙滩之前，先仔细查看一下海岛的另一侧。在高地另一侧，小路斗折蛇行。他半走半滑着爬下山，必须抓住树根和藤蔓才能避免摔下去。山下远处，有一条深色的小溪从隐蔽的山谷中蜿蜒而出。也许在那个山谷里，他能够找到人吧。

岩浆形成的山脊从古老的火山口绵延至山谷。玛法图突然想起儿时听过的一个古老传说：人们告诉他，塔希提的孩子们会坐着巨大的叶子，沿着流动的岩浆往下滑！直到他从近旁一棵香蕉树上拽下几片巨大的叶子……这个想法才涌上心头，突然，

他警觉地停了下来。这些树无比高大，是他身高的三倍，宽大的叶子像破损的旗帜一般在空中迎风舞动。原本长着果实的树干吸引了他的注意：它们是被人用刀齐刷刷地砍下来的！他倒悬一口气，心里咯噔一下。

他仔细检查树干。一棵棵树接连被人割掉了果实，差不多是在一周之内发生的事。是谁割走了这些香蕉？他必须查清楚！做树叶"滑橇"的时候，他的双唇紧缩，神色严肃。他用藤蔓纤维将叶子绑在一起，很快就做好了一个和他身长一般长的滑橇。等玛法图走到熔岩坡上，他把滑橇放好，纵身一跃跳了上去。伴着自己的呼声和推助，玛法图滑着出发了。

　　沿着这天然的滑梯，他不断加速，几乎快到让人害怕。两旁的树呼啸而过，风灌进鼻孔里，山谷转瞬间就在眼前。他径直冲进一堆黄槐决明丛里，随后站起身来。当他从荆棘中爬出时，还在兴奋得气喘吁吁。哇喔，刚刚很是刺激呀！他完全没工夫停下来去想怎么才能回到高地，因为就在那一刻，他看见了一条宽阔的、平整的道路，从丛林深处伸展出来。

　　"啊哈！"他大声说道，"这么平整的路，肯定不是野猪脚踩出来的！"

　　玛法图观望不前。他预感到某种危险，小心谨慎地停在原地。他几乎想要往回撤，不再向前探索。然而，一种迫切想要知道是谁造出了这条路的渴望，驱动他继续往前。这条路一直通向大海，越来越宽。很快，它变成一块开阔平整的圆形，周长约有几百英尺。玛法图不由自主地往前迈，却突然大喊一声退了回来。眼前的东西让他惊恐不已，瑟瑟发抖。

只见一层层石阶组成一个数英尺高、金字塔状的梯台；金字塔顶是一个怪诞的塑像，奇丑无比，供奉在明媚的阳光下。它是一个古老的塑像，经年累月受雨水侵蚀，真菌和地衣遍布其上，轮廓已然模糊了许多。旋花植物的根茎弯绕虬结在底座上。这个秘密的圆形空地不受海风所扰，各种昆虫在炙热的空气中嗡嗡作响。玛法图觉得自己快要窒息，心脏似乎被一阵阵猛击。这是一个毛利会堂——一个圣坛。

他屏气凝神地往前迈了一步，接着凑上前去。在塑像的底部，他看见成堆的烧焦的骨头，似乎不久前才被放在这里。台子上遍布着骨头。这些骨头太大了，不像是狗的，也不像是猪的。玛法图突然明白了，他的心脏骤然停止跳动一般。这里是莫图塔布禁岛。食人族就是在这里向瓦努阿·伊努献祭。

玛法图驻足不前，却也无力撤退。尤里在他身边缓缓移动，低声嗥叫，脖子上的毛倒竖着。透过树林的间隙往外看，烟雾岛就像飘在酒红色大海上的云雾缭绕的圆锥形……远方那个岛，会不会是这些野蛮人的家，而禁岛正是他们的祭坛？他们会不会乘着黑色独木舟来到这里，用他们的鼓点、仪式和跳跃的火光，将黑夜变得让人寒毛卓立？玛法图浑身发抖。他原以为，渔夫之神毛伊，指引他安全到达这个小岛。然而，可能，这只不过是因受骗而狂怒不已的海神莫阿那开的一个残忍的玩笑。男孩似乎又听见莫阿那在说："总有一天，总有一天，玛法图，我会来索取你的性命的。"

很显然，这些野蛮人最近来过，这里成堆的灰烬并没有被风雨吹打凌乱。这块平整的圆地，像是屏住了呼吸，凝固在一种超自然的静谧里。

正当男孩停在那里，犹豫不决地打量着眼前这突兀的毛利会堂，他突然瞥见一道亮光，心脏猛地一跳。他看见一只矛头，放在祭坛的台子上。打磨得那么精细，边缘如此锐利；猎食用的一柄好矛，也是抵御攻击的武器。他敢不敢拿走？这可能意味着死亡……他的心沉了下去。他向前一步。他的手又冷又湿。矛头闪着光，像是一只邪恶又充满诱惑的眼睛向他眨巴。男孩四肢无力。有那么一瞬间，他几乎软弱到无法移动。如果那个时候，食人族从丛林里跳出来，他完全无力还击，甚至连呼喊的力气都没有。他努力控制自己。他深吸一口气，悄声说："是你，毛伊，引领我来到这个海岛。我知道。现在不要抛弃我！"

他几乎觉得自己能看见黑影在树蕨丛中移动，听到幽灵低声耳语。他身体前倾，随时准备逃跑。那里——他离塑像那么近，几乎可以碰到它。他伸出手，铆足勇气。矛头熠熠生辉……他用手紧紧握

住。塑像兀自矗立着，在绿地上投下一道黑影。男
孩火速把矛头拉近身来。在移动矛头的时候，他不
小心碰到了一块骨头。骨头跌落在他脚上。碰到它
的瞬间，似乎能感到死亡的刺骨寒冷。玛法图急促
喘气。然后，他飞奔起来，跑呀，跑呀。手里还紧
紧攥着那只矛头。

　　他拼命沿着来时的路往回跑。他的心脏怦怦直
跳，双腿僵硬生疼。栗檀蜷曲的树根伸出来，似乎
想要绊住他，不让他逃走。它们像极了张开的手指，
想要抓住他。巨大的树蕨让丛林看起来阴沉恐怖，
光怪陆离。男孩心中充满了难以描述的恐惧。他的
四肢沉重。他终于回到熔岩坡底那里，找准角度，
抓住藤蔓，拽着自己，竭尽全力往上爬。

　　最后，他回到了高地，上气不接下气，气喘吁吁。手中的矛发着光，他低头注视着它。什么也没有发生在他身上！他碰了毛利会堂，弄倒了祭祀台上的一块骨头，居然还活着。太阳还在照耀，天空依然是蓝色。一点儿也没变。这支矛，天哪！它太精美了！绝对值得冒险。这些食人族把它打造得如此之好。现在，他，玛法图，可以杀死野猪了！现在，他可以抵御袭击了。

　　然而，最重要的是，他清楚地知道，他战胜了自己。他逼迫自己做了一件让他感到恐惧的事，一件必须铆足全部勇气才敢做的事。他尝到了成功的味道。他放声大哭："毛伊，是你，一定是你帮了我！我感激你，感激你！"尤里在它主人身旁，兴奋地跳来跳去。

回到他的栖身之处，玛法图仔细端详手中的矛。快乐的感觉，像潮水一般，涌上心头。不仅仅是因为他现在有了一支矛。不……是因为他碰了马拉埃。那得需要勇气，对，勇气！他一边搜寻着可用来生火的木头，一边轻快地唱起歌来。唱的是塔罗阿之歌，歌颂这位英勇的神，从海中升起，为他的族人消灭敌人：

"英雄之神啊，塔罗阿，请伸出你的臂膀！

太阳已从莫阿那的大海上升起了，

你会永远怀抱着我，

啊！塔罗阿！"

　　他清亮的歌声打破了丛林的寂静。海鸟和长尾鹦鹉停止鸣叫，听着这突如其来的外来者的声音。

　　玛法图终于找到了一块称心的木头：一块干枯的硬木，和他的前臂一样粗。他接着搜寻到一块同样木材，但是稍小一些的木头。他用大块木头顶住岩石斜着放好，蹲在木头前面，双手握住他那只小木片。他开始前后移动小木片，在木头坚硬的表面上前后移动。木头上开始出现凹槽。凹槽一端逐渐堆积起细碎的木屑。男孩动作越来越快，双手飞一般地前后移动，额头上涌出大大的汗珠，呼吸越发急促。他的努力终于有了回报。木屑中升起一缕轻烟，接着火星跃了出来……男孩抓起一些细枝，双手小心翼翼地拢住，轻轻地朝火星吹气。火苗蹿了起来。

他成功生着了火。

精疲力竭的玛法图席地坐下，望着跳跃的火苗。火！他的手臂和后背疼得厉害；腿上的伤口也阵痛着。然而，温暖的火焰让他安心。他不禁想起了家、食物、温暖和同伴；想起了夜晚围坐在一起的那些脸孔；想起了长者们回荡的颂歌，歌唱着关于勇气的不老传说。突然间，孤独感袭上心头，淹没了他，他多么渴望听见父亲低沉的声音……他紧闭双唇，努力不去回想，猛地站起身来，着手完成一些细碎的任务。只要忙碌起来，他就不会再想这些事情。他可以忘记——只要他想办法这么做。现在，他可以煮东西吃，身体也温暖了起来，不再像以前那样

浑身湿透，还有了打造独木舟的工具。明天，他便可以烧倒一棵树，开始做独木舟。他只能在白天烧火，而且火不能太大，免得让远处海岛上的食人族看见。就这么想着，想着，他思绪渐渐稳定下来。

他把面包树的果实丢进火里，直到它被烧成炭黑色，并且彻底熟透。紧接着，他把半打野香蕉放在烧焦的木炭上，再用湿的叶子盖住，这样它们就能慢慢蒸熟。等待晚餐做好的同时，他还有另一个任务。他从稍矮的椰子树上摘了几片叶子，然后将它们编成平整的、像垫子一样的屏风。这便是他的棚子，可用来遮风挡雨。只要多做几层，也就不会进水了。

"要是我有自己的刀就好了，尤里，"男孩叹了口气，"那该多简单！明天我就去潟湖里找找看，看有没有巨蛤壳。把它打磨出尖锐的边，我们就能有一把不错的小刀了。"

尤里也这么认为，它那摇摆不停的尾巴就是最好的证明。

"也许，"玛法图突然想到，"我能在食人族的祭坛那里找到一把刀。"他猛地摇摇头，"不！我绝不能再回到那个可怕的祭坛！"

不过，他打定主意，每天都要爬到高地上，查看一下西南方向。总有一天，总有一天食人族会回来。恐怕不用等太久……玛法图很确定这一点，就像他相信太阳每天都会升起，带来温暖一样。这是无法避免的事。等这些人一来，他要么逃走，要么死掉。

男孩欣喜地看着他选定好了做独木舟的那棵琼崖海棠树。"明天我就开工，"他下定决心，"啊哈，我要做一只绝好的独木舟！船舱又深又坚固，还很轻。舷外支架既轻巧又有力，像鲨鱼的尾巴一样。当我父亲看见它的时候，一定会说：'嗬！我的儿子，你去的那个岛上的人看来很擅长做独木舟呀！'那时候，我就会说：'可这是我自己做的，父亲。'然后他就说：'哎呀！怎么可能——这么好的独木舟？'"

火光明媚，烤着的面包果散发出诱人的香味。蒸着的香蕉里，不时喷出一股股热气。尤里蜷在主人身边，玛法图紧紧抱住它。"嘿，也有东西给你吃，我的好兄弟，"他大声说，"明天，我们就能吃上鱼。看看我的矛，闪闪发亮！我会给它做一个新的手柄，然后就去猎捕锤头双髻鲨！还有野猪。嘿，尤里，你就等着看吧！"

男孩把面包果从火堆里取出来，分成两半。里面白色片状的果肉极有营养；尝起来味道有些像面包，又有些像土豆，可比两者都要好吃。男孩拿一半分给尤里。小狗围着它打转，兴奋地嗅着，迫不及待地等它的晚餐凉下来。香蕉皮被蒸得裂了开来，果肉往外蹦，果汁热得直冒泡。玛法图灵巧地把它们从火堆里拨出来，放在一片宽大的叶子做成的盘子上，紧接着，也顾不得手指头被烫到，便狼吞虎咽起来。他饿疯了。他这辈子都不曾觉得如此饥肠辘辘，此刻只听得见他囫囵吞咽的声音。食物从未如此美味！

他不停地吃，直到胃里再也装不下任何东西。没多久，四肢便觉得疲惫不已。他感到前所未有的心满意足，躺在凉凉的沙子上，缓缓闭上眼睛。尤里靠近了他一些，温暖又亲近地蜷缩在他身边。头顶上，棕榈树的叶子交织在一起，形成一道不错的屏障。"总有一天，"男孩想着，昏昏欲睡，"我会把屋顶做得滴水不漏，只是现在还不到时候。"

夕阳西下，潮汐退出潟湖，发出轻柔的声响，像是母亲安抚孩子一般。玛法图躺在他自己做的棚子下面，每根神经都放松了下来。他已经有了火、食物、棚屋。他面对了海神莫阿那。他挑战了食人

族的祭坛毛利会堂，赢得了他的矛。重新找回的自

信让玛法图喜不自胜。他似乎不再是那个胆小懦弱

的男孩了。

玛法图心满意足地睡着了。

四 当鼓声响起

Chapter four

　　第二天一早，玛法图便开始打造他的独木舟。

前一天晚上，他小心翼翼地把火种转移到一个岩洞

里，依靠这天然的屏障，他决意永远不让火种熄灭。

毕竟，用木柴生火既费时又费力。正是由于这个原

因，在希库埃鲁永远要保持火种燃烧，一家之中最

小的家庭成员专门负责看管火种，确保它时刻可供

大家使用。如果哪个小男孩要是让家里的火种熄灭

了，就会遭到灾祸！

他的早餐还在火上烤着，趁这个当口，男孩把那棵高大的琼崖海棠树根部周围生长的灌木清理干净。没有任何别的木材比琼崖海棠更适合用来制作独木舟。它既结实又耐用，还能漂浮在水上。玛法图可以用火把这棵树烧断，再把树心烧空。接着，他再用玄武岩磨一把小斧子，用来精雕细琢。做斧子需要花一些时间，好在，他在希库埃鲁的时候经常做，很清楚这门手艺。玛法图渐渐意识到，他曾经花在制作工具上的时间和精力，现在倒是帮了他一个大忙。渔网、小刀、鲨线、器皿和贝壳鱼钩等诸如此类他都会做。在希库埃鲁的时候，他可是恨透了这些事情！他的双手十分灵巧，现在，他不禁为自己曾经学会这些技能而心怀感激。

火把琼崖海棠树的根部烧裂开来。等它再把树干烧透了一些，玛法图爬上树，小心谨慎地爬到伸向海滩的一根粗树枝上。然后，他紧紧抓住头顶的树枝，开始上下跳动。随着火往树心越烧越深，男孩的体重压得树干往一侧倾斜起来。只听一声闷响，大树折断了，倒在沙滩上。就在大树倒下的瞬间，玛法图像一只轻巧敏捷的猫一般，从树枝上跳了下来。

"今天就到这吧，尤里，"他决定了，"明天我再在树干上生火，开始把树干烧空。等食人族再来的时候，我们一切都准备就绪！"

与此同时，还有很多事情要做：用竹子做一个鱼笼，用草帽缏编一张渔网，如果他能找到一些骨头的话，再做一个鱼钩。在独木舟做好之前，玛法图怎么才能去到远处的礁石放置鱼笼呢？除非他先用竹子做一只简易的竹筏。

　　他决定当务之急是做竹筏。他找到二十几根结实的竹子，每根都和他的手臂一般粗，用火一一烧断；然后，他把黄槿的树皮抽成条，用它们把竹子绑在一起，做成了结实的双层竹筏。在他的独木舟完工之前，这只竹筏足够用了。

　　他干活的时候，一直在想那只他决定捕杀的野猪。要是没有公野猪的獠牙做的项链，他怎能返回希库埃鲁呢？为什么？那项链几乎和独木舟一样重要！只要看见这个象征，人们就能知道他的力量和勇气。有朝一日，他将离开这个高耸的火山岛，扬帆起航，向东北方向驶去。在那个方向的某一个地方，是土阿莫土群岛，像白云一般连绵不断的海岛群，绵延数千英里，纵深十余纬度。穿过遍布珊瑚礁的通道，就到了他的故乡，希库埃鲁……他一定能找到它，对此毫不怀疑；毛伊，曾经指引他安全到达现在这片沙滩，就一定会指引他找到回家的路。然而，玛法图知道，他首先要证明自己的价值。他绝不能让大家再叫他玛法图，那个胆小的男孩。塔瓦纳·弩伊会骄傲地说："这就是我的儿子，从海上回家来了。"

奇微，那只信天翁，像是有神秘的任务，不时飞回来，又悄悄飞走，从蓝天里忽然出现，又悠然隐去。每到黄昏，这只白色的鸟就盘旋而来，笨拙地降落在玛法图身边的沙滩上，尤里便昂首阔步跑上前去迎接它的朋友。至于尤里，它在这里过得好极了；岸边有数不尽的海鸟筑巢，尤里追逐它们，惊得海鸟四散飞去，乐此不疲；山里还有野山羊和野猪，能让任何一条狗在这里找到无穷无尽的乐趣。

　　玛法图发现了一棵桑树。他剥掉树皮，剥出里面白色的那层纤维。然后，他把树皮纤维浸湿，放在一块平整的大石头上，拿一根木棒不断击打。在玛法图持续不断的击打之下，纤维伸展开来，越变越细。男孩添上另一条树皮纤维，浸湿，不断击打，直至它与先前那块纤维融为一体；再加一条，如此反复。不久之后，他就有了一条长"布"，用来做他的腰巾。这块布雪白细软，至少他现在有衣服可以穿了。

"在我回家之前，我要用咔哇根做一个漂亮的扎染，给腰巾设计一个精美的图案。"男孩对自己许诺。"我绝不能衣衫褴褛、两手空空地回去。我得让大家知道，我征服了大海，征服了陆地。"

玛法图有一系列的任务要完成，从清晨忙到天黑，不知不觉一天就过去了。他的小屋从最初一块简易的屏风，变成了三面竹子做的墙加一顶棕榈树叶做的屋顶。房子的第四面是通透的，面朝潟湖，凉风习习。这是一个干净整齐的小屋,他骄傲极了。一块编织草席铺在地上；墙上有一个架子，上面摆着三只椰子壳做的碗；一个木楔子上垂下来几个骨头做的鱼钩；还有一卷结实的编织绳，数英尺长；

还有一块桑树皮做的腰巾备用，这块腰巾上涂了阿

图树的树胶，可在雨天防水。白天，海风穿过竹子

做的墙，在屋子里旋转跳跃。夜幕降临，小蜥蜴爬

上屋顶，轻巧疾走，沙沙作响。

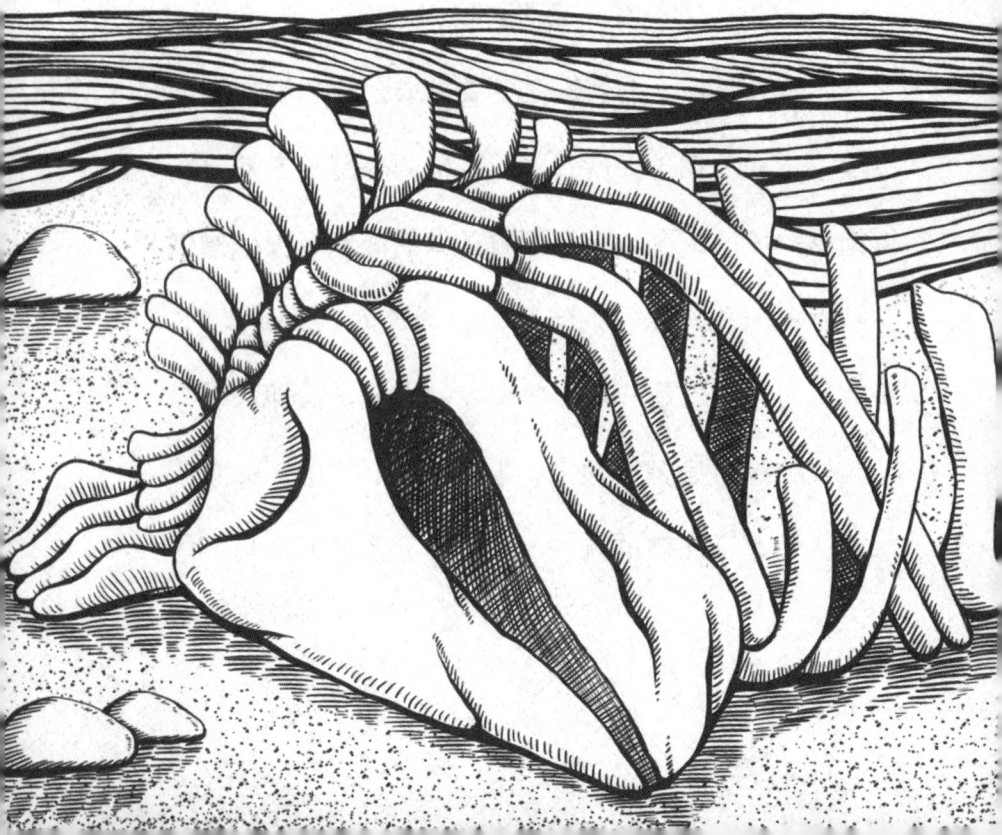

一天早上，玛法图在海边散步，偶然发现了一个隐蔽的海湾。他的心高兴得怦怦直跳：就在那里，日光照耀之下，白晃晃的一片，是一只死去的鲸鱼留下的骸骨。对你我而言，这也许不算什么；然而，

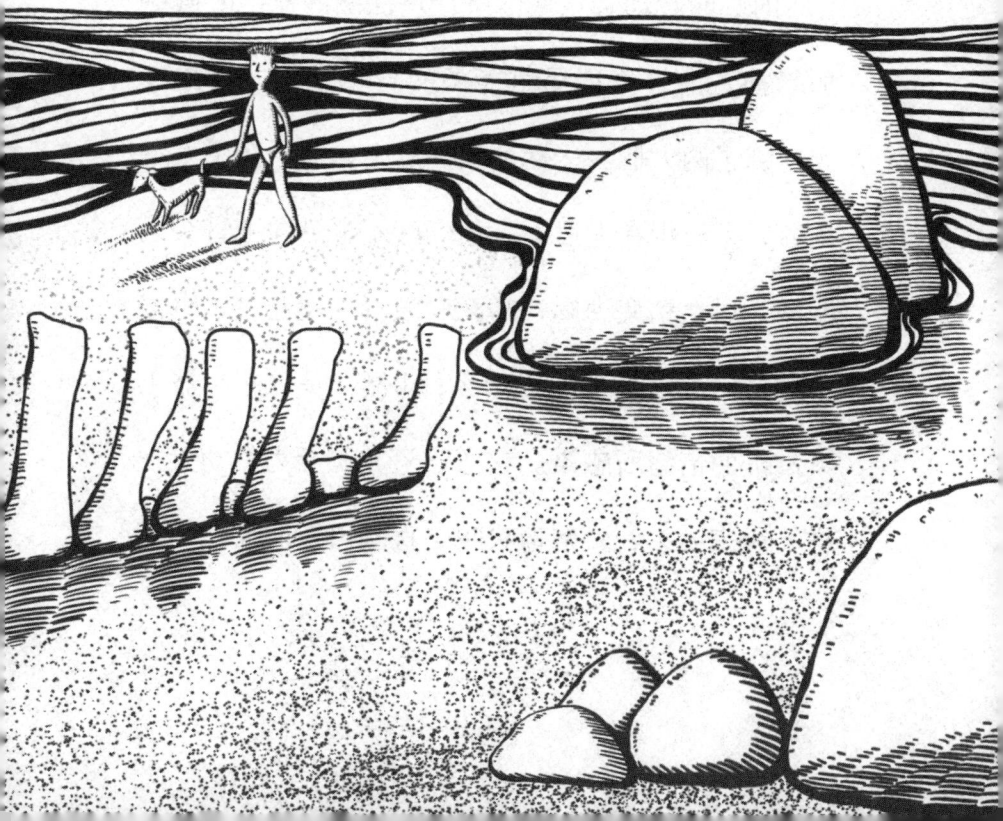

在玛法图看来，它们是数不尽的刀和鱼钩，细小的骨头可用来做飞镖和矛头，大块的肩胛骨可以做一把斧头。这真是名副其实的宝藏。男孩兴奋得直跳。"尤里！"他大叫，"我们发现宝贝啦！快过来——帮我把这些骨头拖回家！"

内心的激动和急切似乎让玛法图的双手变得更加笨拙，他努力把尽可能多的骨头带走，结结实实地绑了两大捆。一捆他扛在肩上，另一捆由尤里拖着，尤里跟在他后面。他们好不容易才把骨头运回家，虽然精疲力竭，却欢欣鼓舞。就连尤里也似乎明白这个发现意味着什么；即便不是，它也被主人高涨的情绪所感染。它像一只充满活力的幼犬一样，跳来跳去，兴奋地吠叫，直到声音沙哑。

接下来，是漫长的打磨，才能做出好的刀和斧子。一个接一个小时过去了，玛法图蹲在一块玄武岩的石板前，不停地磨呀磨，直到他双手无力，满是水泡，汗如雨下。刀是最重要的必需品，所以他先把刀磨好。刀刃长约十英寸，一只关节骨的球状凸起正好作为刀柄。刀锋足以割开椰子树的叶子，把椰果沿根切下。嘿，这真是一把出色的小刀！为了这把刀，玛法图使出浑身解数来打磨。当玛法图磨出锋利的刀尖时，他坚信这会是一个很好的武器。他放置的竹鱼笼被海上的窃贼破坏了，玛法图打算去查清，究竟谁是罪魁祸首！估计是那只年迈的双髻鲨，它总是在附近游荡……就好像它是整个潟湖的主人一样！

在争分夺秒的时候，去用鱼线钓鱼就太浪费时间了。玛法图绝不能再让他的鱼笼被破坏，这已经发生两次了，坚硬的竹子被撞断，里面的鱼被吃得精光。如果不是鲨鱼在捣鬼，就一定是章鱼，毫无疑问。其他鱼不可能有如此大的力量去撞断坚硬的竹子。

玛法图紧咬双唇，把他的刀打磨完成。那条老双髻鲨——它一定就是那个偷鱼贼！玛法图认得它；每天，当男孩出海放置鱼笼的时候，那条比其他同类个头大很多的鲨鱼总会在旁边小心翼翼地巡游，很是留心玛法图的一举一动。其他鲨鱼似乎很敬畏这条双髻鲨。

饥肠辘辘的玛法图不得不再去珊瑚礁那里放鱼

笼。因为想要有力气完成他计划的任务，除了水果，他必须捕鱼吃。可每次他去珊瑚礁一带安置鱼笼，那条双髻鲨总是凑过来，然后再轻轻翻身游走，它眼里闪露的微光让玛法图惧怕的同时，又感到气愤。

"你给我等着！"男孩恶狠狠地威胁，朝鲨鱼挥舞拳头，"等我把刀磨好！到时候你就不敢这么嚣张了，你这条可恶的双髻鲨。等我刀光一闪，你就只剩逃跑一条路啦。"

然而在刀磨好的那天早上，玛法图并不觉得他有预想的那般勇敢。他暗暗希望再也不要遇到那条双髻鲨。他一边划向远方的礁石带，一边不时低头看看用草帽缤挂在脖子上的刀。刀刃虽然很长，但它毕竟算不上是一件战无不胜的武器。它不过是一个男孩用鲸鱼肋骨做的一把刀而已。

尤里坐在竹筏一头，迎风在嗅着什么。玛法图总是会带上他的狗，要是不带上它，尤里会嗥叫不止。而且，玛法图也越来越习惯了有这只小黄狗的陪伴。玛法图和它说话，就像在和另一个人讲话一样，向它征询意见，和它争执，有空的时候还会一起玩耍嬉闹。他俩真的是亲密无间。

这天早上，正当他俩快要接近安置鱼笼的地点，玛法图瞥到了那条讨厌的双髻鲨的背鳍，它正在水中缓缓地环游，一眼望过去，它好像一块三角形的黑色玄武岩，每个游过的地方都似一道小小的水沟。

"嘿，双髻鲨！"男孩粗暴地喊道，像在给自己打气，"我今天可是带着刀来了，看见没！只有懦夫才偷别人抓住的东西，有本事你自己抓鱼去！"

双髻鲨昂然自得地朝竹筏游来，它轻轻转身，上下颚间缝隙形成的弧线咧成了打呵欠时似有似无的笑。尤里跑到竹筏边沿，嗔目切齿地吠叫着；尤里脖子上的毛像山脊一样炸起来，双髻鲨则事不关己地游走了。紧接着，它尾巴猛地一摆，径直朝竹鱼笼游过去，双颚紧紧将它衔住。玛法图骇然失色。双髻鲨咬住鱼笼，猛烈摇晃，就像一只活泼的小狗在摇晃小老鼠一般。男孩就这么目瞪口呆地看着，一动也不动。当那强有力的尾鳍搅得海水汹涌翻滚时，玛法图瞥见了鲨鱼脖颈上扭曲用力的肌肉。鱼笼被甩得粉碎，里面的鱼不等逃出来就被鲨鱼吃了个精光。玛法图赫然而怒，他花了那么长时间才做好的鱼笼。可现在，除了朝敌人大喊大叫示以威胁外，他束手无策。

很是愤怒的尤里从竹筏一头跑到另一头。一股大浪朝礁石袭来。说时迟那时快，尤里虽然轻，可在它的移动之下，竹筏倾斜到一个危险的角度。只听见一声无助的吠声，尤里滑入水中。玛法图猛地跳过去想要抓住它，可惜还是迟了一步。

双髻鲨旋即朝它游去。海浪把竹筏朝反方向推走。尤里，拼命地游着，试图爬上竹筏。它棕色的眼睛里透着垂死挣扎的决绝——困惑的眼神，那么真实，那么忠诚。玛法图竭尽全力向前。他的狗，他的伙伴……双髻鲨缓慢地游过来。男孩胸中涌起一腔怒火。他抓紧了他的刀，纵身一跃，如一道平滑完美的弧线，跳进水中。

玛法图潜到鲨鱼身下。鲨鱼掉转身来，它粗糙的表皮瞬间擦伤了男孩肩膀上的皮肉。然而就在这个时候，玛法图把刀狠狠地戳了进去，深深刺进它白色的肚皮。这一刺的后果太惊人了。海水被搅动得浪花四起，满是泡沫。玛法图很震惊，急忙往上游，他迫切需要空气，想要求生。

从这里到海面，漫长得像是没有尽头。哎哟，他的肺就快要炸了……终于，他的头探出了水面。透过水面，他能看见在数英寸之下，双髻鲨肚皮朝上翻着，血从它的肚皮往外涌着。灰色的身影团簇到一起，是其他那些鲨鱼，把这条受伤的双髻鲨撕成了碎片。

尤里，它在哪儿？玛法图很快看见了他的狗。尤里正试图自己爬上竹筏。玛法图抓住它的颈背，把它拉了上来。他紧紧抱住他的狗，像个傻瓜一样和它说个不停。尤里欢快地吠叫着，在他主人脸上舔了又舔。

直到他们安全回到岸上，玛法图才意识到他刚刚做了什么。他亲手杀死了一条鲨鱼，用的只不过是一把骨头做的刀。他简直不敢相信自己。恐惧本应让他四肢无力才对。可他做到了，为了尤里，他的狗。那一瞬间，他突然体会到那种因为感恩而谦卑的感觉。

现在，斧子也做好了。他的独木舟，也在慢慢成形。它长约十五英尺，深约三英尺，仅一英尺宽。做独木舟的时候，他会不时停下来，站在远处，欣赏他的作品。这真是一只漂亮的独木舟！他的父亲一定会为他感到自豪。唉……可是做一只独木舟真是漫长的活计。

等船体被掏空之后，还得用斧子细细凿平，再拿阿图树胶填充缝隙。然后，再得找一棵笔直的月桂树做主桅杆；用露兜树叶编织船帆。此外，还要草帽缏制作索具，得像金属丝一样坚韧。如果不需要操心其他琐事，他也许早把独木舟造好了。比如说，玛法图每天都要爬到高地上瞭望。自从来到这个小岛那天起，他没有错过任何一天。他知道，如果食人族要来，应该是在白天航行；而且他们还需要逆着这一带常刮的风航行。从烟雾岛到这里，就会花上好几个小时。在他们抵达之前，玛法图有充分的时间从瞭望台这里看见他们。在他们到来之前，但愿他能做好充分的准备！他必须一切就绪，必须准备好！然而，每天往山上爬，需要占用不少宝贵的时间。要不是这样，他的独木舟早该做好了。

"今天我就不去了，"他一边拿着手中的斧子挥舞，一边想道，"太花时间了。"

他长舒一口气，放下了斧子。三思而行才是最明智的。他拾起闪着光亮的长矛，手柄是新换的，径直朝着通往高地的小路走去。尤里跳着跑上前去，鼻子机敏地在地上嗅来嗅去。

今天，玛法图沿着粗糙的小路穿过丛林时，他一心想着别的事情。他根本没在意脚下的路：他琢磨着独木舟上的索具，想着哪里可以再加固一下，哪里可以再收紧一点。突然，一种对危险的直觉，让他停下了脚步，让他谨慎起来。就在那矮树丛里，传来一阵窸窣声，也就比虫鸣声稍大那么一点点。男孩神经紧绷，侧耳倾听。尤里不知什么时候和他分开了，大概是去追野鹅了。男孩站定不动，保持警惕。这时候，他看见了它：一只野猪，压低着头；双眼通红，透着凶狠；呲着獠牙，寒光闪闪。

野兽突然开始用爪子刨地。它咆哮着，喷着气，打破了四周的沉寂。有那么一瞬间，玛法图想闭上眼睛，掉头往回跑。旋即，他深吸一口气，大声喊道："野猪！野猪！我，玛法图，要把你杀掉！"

野猪冲了过来。它力量之大，以至于把脚下的地都踢裂开来。它速度之快，以至于唾沫从獠牙缝隙中向身后飞溅。男孩鼓起勇气，迎着冲过来的野猪，在绝佳的时机把长矛刺了出去。野猪径直撞上矛头，矛头狠狠刺进去，一直扎到肩膀深处。

玛法图被撞飞出去。他一直滚呀滚，在惊恐之中勉强跳起来，站直身体，却已手无寸铁。野猪倒在地上，抽搐着，颤抖着，终于不再动弹。

玛法图惊得说不出话来。他刚刚杀死了一头野猪！一时间，他竟不知道如何是好，这简直太难以置信了，接着他高兴得跳了起来："哦吼！我杀死了野猪！你听见了吗，塔瓦纳·弩伊？我——你的儿子，杀死了一头野猪！喔！哈！"

　　尤里从丛林里跳出来，一看见野猪立刻扯起嗓子直叫。

　　"好你个尤里！"玛法图取笑着他的小狗，"我需要你的时候，你跑哪儿去了？准保是追蝴蝶去了！难道不正是因为你能在这种紧要关头助我一臂之力，我才把你从鲨鱼嘴里救下来的吗？你休想让我给你吃一口野猪肉。"

　　尤里低下头，尾巴也垂了下去。玛法图大笑起来，它也瞬间高兴了。"你这个小傻瓜！快过来帮我一把。"

　　男孩用竹子做了一个简单的滑橇，把这只笨重的野兽搬了上去。然后，他在尤里脖子上拴上一条结实的树藤条，小狗使出全身力气往前拉。虽然拉得费劲，两个小伙伴还是兴高采烈地往家走去，玛法图用最嘹亮的声音唱着最有活力的歌——歌颂浴血奋战的勇气。他现在成了完完全全的波利尼西亚人，斗志昂扬，充满了自先人流传至今的无畏与勇气。胜利的感觉，像野火一样，在他体内沿着血脉奔腾燃烧。他没什么不敢的！没什么再害怕的！啊哈，生活太美好了！

他们回到营地，玛法图生起大火，堆起石头加热。等待石头变热的时候，男孩去水边把野猪处理干净，再往野猪肚子里塞满多汁的朱蕉叶子和红香蕉。等到灶上的石头热得发白冒烟了，玛法图把野猪拖回到火边，将它推上炙热的尤姆地灶。然后，他往野猪身上盖一层又一层芭蕉叶，起码有十二层那么多，这样它就能被包裹在蒸汽里，慢慢烤至熟透。尤里跳跃着，嗅着空气里飘着的香气，欢快地叫着。猪肉！连着吃了好几个星期鱼，猪肉该是多么香啊！而且，狗本来也不怎么爱吃鱼。太多骨头了。奇微不吃肉，淡然看着，好奇这两个伙计如此兴奋是为了什么；玛法图帮它打开了一只椰子，这倒是让鸟儿很满意，于是它也加入了这场盛宴。

玛法图迫切期待着，馋得口水往外涌。不过，即便是在等待宴席开始的这段时间里，他也没闲着：明晃晃的阳光直射在野猪弯曲的獠牙上，他一刻也等不及了，现在就要把它们做成项链。它们几乎能环上一周，像漂白过的珊瑚一样白得耀眼。喔噢！大家看到这么漂亮的项链，会交头接耳说些什么呢！连爷爷的那条项链都不如它好看。

孤寂的海滩，棕榈树下，是多么奇怪的场景：火上烤着一只野猪；一个精瘦黝黑但很健壮的男孩，正在用野猪牙齿做一条项链；一只欢腾雀跃的小黄狗；一只从容的信天翁，舒展着宽大的翅膀，正啄食着椰肉。

玛法图把项链戴在脖子上，几乎立刻能感受到，它神奇般地使自己充满了勇气！他把尤姆地灶上的石头抽走，剩下一只烤得金黄的野猪在那里泛着油光。美味的肉汁顺着两侧流下来。玛法图一边吃着肉，只剩一个念想，这个念头甚至比他此刻享受到的盛宴还要强烈：很快，很快他就要准备好了。他杀死了鲨鱼，还有野猪。他的独木舟也快要做好了。

接着……接着，他就能扬帆起航，回到希库埃鲁！

木舟完成了。

玛法图使劲把黄槿树做的舷外支架绑到位，勒得双手直打颤。船帆也编好了，随时可以就位；船上的索具和钢丝一样结实。就这样——一切都准备好了！男孩等不及地把他做的小船推下水。

他往弧形尾部艉柱下面垫上了几根圆木，猛力一推。随着一声轰响，独木舟开始往前移动，越来越快。再推一把，小船滑进潟湖里。它轻巧地浮在水面上，像一只海鸥蓄势待发、直击长空。玛法图后退一步，仔细端详着它，两眼放光。他不敢相信，这么多个星期的努力，终于有了结果。他突然安静

下来，抬起头开始祈祷，就像在希库埃鲁所有船只
起航时所做的那样：

> "塔罗阿，无尽威力的塔罗阿！
>
> 我感谢你
>
> 助我完成使命。
>
> 在你的背脊之上，指引它吧！
>
> 保佑它驶向安全的港湾。
>
> 塔罗阿！英雄之神！"

男孩跃入船尾，抓起船桨，升起船帆。尤里跳
进船头，欢快地叫着。奇微在前方的天空中，振翅
高飞。微风吹拂，鼓满了船帆，撑起一道金黄色的
美丽曲线。舷外支架与船体呈锐角倾斜，朝远处的

珊瑚礁加速前进。船头激起阵阵浪花，玛法图心跳越来越快。他展开一块布，拿出编织绳绕在脚上，双手紧紧握住转向浆。他对自己做的独木舟满意极了。这一刻，他有一种前所未有的快乐。

独木舟越来越快，像一道优美的宽弧线，朝着黑色的珊瑚礁驶去。黄昏将至，日落余晖，男孩还意犹未尽，不愿掉头回去。他知道今早本应该爬到高地的瞭望台去查看。这是第一次，他没有尽职尽责地这么做，可想要完成独木舟的欲望太强烈了。明天，天一亮他就爬上山去看看，那将会是最后一次了。然后就返回希库埃鲁去！

随着小小的独木舟朝堤礁驶近，波浪拍打礁石的轰鸣越发震耳欲聋。南极冰原，是所有海浪的发源地。波浪一路奔来，直至被这堤礁挡住去路，拦腰折断。它们再从远处蓄势待发，冲向礁石：海浪像奔腾的骏马，激起的泡沫似马鬃般迎风飞舞。浪花冲天而上，海鸥在水雾之上恣意翻飞。礁石那里传来的轰鸣声，已经不再让玛法图感到不安。过去的几个星期里，他与它朝夕相处。如今在这里，离海岸半英里远，没有了陆地的保护，他终于相信，他与海神莫阿那休战了。他靠自己的技能抗衡着海洋的力量。

　　男孩沿着礁石边缘划行，他降下船帆，把一大块当作船锚用的珊瑚丢出舱外。接着，他取出鱼线，在鱼钩上挂一小块螃蟹肉作饵。他想要彻底地享受失而复得的自信，享受对大海不再畏惧的自由。回望不远处的陆地，他感到欢喜，却没有向往之情。天色暗下去，小岛高耸的孤峰，似乎变成了紫色，忧郁地矗立着。山谷被神秘的阴郁笼罩着。这些日子，他在小岛求生，对小岛的慷慨给予心存感激。然而，他生于环礁——平坦的小岛，他之前的日子都在开阔的环境中度过，那里有一望无际的外海和随风摇摆的棕榈树。这样一个高耸的小岛，总还是会让他感到忧伤与压抑。礁石是他与生俱来的一部分。大海，终于同陆地一样，成了他的一部分，成为了让他自在的地方。

这个让人心满意足的想法，像温暖的潮水一般，涌上他的心头。他放低鱼线，把它固定在船中间的横梁上，低头望进清澈的海水里。他看见一只猩红色的石斑鱼，停在独木舟的阴影中，一动不动，只有鱼鳃轻微摇摆。突然，鱼尾一摆，消失不见了。

海底世界太奇妙了！男孩看见了繁茂的鹿角珊瑚，像树一样巨大，无数水母游弋其间，好似一层薄雾。他看见成群的小鲻鱼和微型箭头鱼——整个鱼群都大不过一个孩子的手掌。一条鳗鱼把它丑陋的头缩回阴暗的洞里。

在珊瑚礁形成的高墙一侧，挂着玛法图的竹鱼笼；在返回海岸之前，他得把鱼笼清空。自从双髻鲨被杀死之后，鱼笼里每天都有不错的收获，不是鲻鱼，就是小龙虾或者大龙虾。这里的珊瑚一直衍生到潟湖盆底。珊瑚礁两侧壁上被刺穿了许多黑暗的洞，男孩对它们没有一丁点探索的兴趣。底下，差不多四十英尺深处，潟湖底的细沙清晰可见，在斑驳的光影中呈现美妙的绿色。一只彩色的鹦嘴鱼从暗处冒了出来，轻轻地咬了咬玛法图的鱼饵，突然消失不见。

"喔！这些鱼一定吃得不错。我的螃蟹肉居然吸引不了它们。"

男孩决定放弃，鱼笼里抓住的猎物已经足够丰盛。他探出船舷外，把鱼笼拉出水来。透过笼子的缝隙，他能看见三只青绿色的龙虾，肥美极了。运气真不错！正当他把又重又湿的鱼笼往上拉进船舷时，把小刀挂在他脖子上的那条纤维编绳被竹鱼笼的一端勾住，鱼笼滑了一下，绳子被拉断了，小刀掉进了水里。

男孩沮丧地看着他的小刀沉入海底。它迅速转动着下沉，反射着日光，一直沉到铺满细沙的海底。就在那里，它躺在一只散开的鹿角珊瑚边缘下面。玛法图盯着它，犹豫不决。他的刀——花了那么多功夫打磨的刀。他知道自己该做什么：他应该潜入水中，把它取回来。再造一把如此精细的刀，得花太多时间。没了刀，他的能力将受到极大的限制。他必须把他的刀拿回来！可是……

在逐渐消失的日光中，珊瑚礁形成的高墙阴郁可怖。它上面那些黑色的洞里，住着巨型章鱼。男孩突然恐慌起来。他从没潜入那么深的水里。恐怕比他想象的还要深，因为清澈见底的水总是让距离变得扑朔迷离。小刀看起来离他那么近，它就躺在那里，寒光闪闪。

男孩低头盯着它，充满渴望。他记起那个清晨，当他发现鲸鱼骸骨的时候；那是他第一次看到鲸鱼骸骨。肯定是渔夫之神毛伊，让鲸鱼死在那里，好为玛法图所用！那些用来打造这把小刀的漫长时光。它还救过尤里的性命。现在尤里趴在船头，用天真的眼神迷惑不解地望着他的主人。

玛法图深吸一口气。他怎能放弃他的小刀呢？毛伊会不会认为他是个胆小鬼（这个念头让他打了个冷战）？他会不会还是那个玛法图——胆小的男孩？

他一跃而起，猛地紧了紧他的腰巾。紧接着，他越过船舷，跳进水里。他把住船舷，不停做深呼吸。他深吸一口气，再缓缓地长舒出去，让自己的肺做好深潜的准备。他曾经见过采珍珠的潜水者这么做。独木舟里有一块珊瑚，绑在一根草帽缏上，作重物之用。玛法图把它拿过来，把绳子绑在脚趾头上。最后深吸一口气，他脚朝下入水，让重物拉着他缓缓下沉。在大约二十英尺深的地方，他抛开重物，转头朝下，游向海底。

　　这里的海水泛着绿色，长长的阳光光束斜着从水上方照进来。五彩斑斓的鱼在他身前游过。他看见一只巨大的蛤，足足五英尺宽，比他还要高：它的两片唇，只等猎物进来便死死咬住，不管这猎物是鱼还是人。绿色的海藻温柔摇摆，似乎这海底也有和风煦煦。一个黑影从他头顶掠过，他惊得猛然抬头：只见一只锥齿鲨在上方自顾自地巡游。还有一条鳗鱼，像是冰凉的丝带，轻轻碰到他的腿，旋即消失不见。

小刀，就在那里。它看起来那么锐利，那么闪亮。男孩的手碰到了它。他紧紧抓住小刀，躬身发力朝海面的亮光游去。

突然间，空穴里挥出一条像橡胶软管一样的东西抽打了他一下。男孩瞥见鞭子下面排列着一个个吸盘。惊恐像匕首戳中他。章鱼！再一次的抽打过来，环住了他的腰，触手开始拉紧。然后，章鱼从它的巢穴里出来了，准备迎接并杀死它的猎物。

玛法图看见一个略带紫色的球状身体，眼神邪恶，像死神一般死死盯着他；长着一张鹦鹉一样的嘴，有尖尖的喙，左右咀嚼着，看起来残忍极了。

另一只触手挥舞过来，缠住了男孩的腿。小刀——情急之下，玛法图挥刀刺向章鱼的一只眼睛。海水随即一片黑暗——章鱼释出了它的毒液。在这阴暗的海底世界，男孩与深海里最可怕的怪物殊死搏斗。他能感觉到，章鱼可怕的触手紧紧吸住自己。他几乎就要放弃抵抗。

玛法图什么也看不见，他用刀猛戳，想要刺中章鱼另一只眼睛。他疯了一样乱刺一通，没想到真的刺中了。之前紧紧抓住他的章鱼放松了下来，触手逐渐瘫软。玛法图拼命往上游，往上游，朝着亮光、空气和生命游去。

当他碰到独木舟的时候，已经精疲力竭，几乎没有力气翻过船舷。他勉强抓住船舷，大口大口喘气。尤里在他旁边，从船的一头跳到另一头，可怜地叫唤着。玛法图的四肢逐渐恢复了力量，他几乎冰冷的灵魂逐渐有了温度。他拖着疲惫的身体，终于翻进了独木舟，瘫倒在船舱里。他躺在那里发呆，一动不动，似乎永远也起不来了。

　　太阳落进海平线。暮色从海面缓缓升起。玛法图挣扎着坐起来，小心翼翼地探出独木舟，往下看。墨汁染黑的海水已经恢复清澈。在四十英尺深的海底，章鱼像是一个破碎的影子，静静地躺在那里。它触手上的吸盘，在水波诡谲中泛着黯淡无力的光。男孩用鲨线和鱼钩把章鱼的身体钓了上来。正当他把章鱼拉进独木舟时，章鱼的一只触手轻抚过他的脚踝，有一种潮湿却彻骨的凉意。玛法图不禁打了个寒战，身子缩了起来。他从出生就在吃乌贼和小章鱼，可他从没想过自己有一天能吃上这个海底怪物。他举起矛，一次一次地戳向敌人的残骸，一边哼唱着胜利的颂歌。千百年来流传至今的勇士精神仿佛就在他的歌声里。

毛伊又一次保护了他！这只章鱼能用来做什么呢？男孩决定了，他可以把触手切下来，晒干缩水之后还能保留不错的大小，到时候希库埃鲁的人看见了一定会呼喊："快看，玛法图独自一人杀死了巨型章鱼，太了不起了！"

黄昏，转瞬之间变成了漆黑的夜晚。玛法图掉转独木舟向海岸线驶去，天空中出现第一波星星，温柔地闪烁着，仿佛就在眼前。南十字星也出来了，指向世界的尽头……潟湖，仿佛变成一面黑色的镜子，星光抖落其上。幽深的海水中，会发光的鱼游来游去，像是海底的流星、星座和星系。男孩看见一道光，像刀刃一样细长，那是罕见的窄头双髻鲨匆匆闪过，一刻不停地追逐着。一条沙虎鲨，像是闪着磷光的幽灵，紧随云鲥鱼之后——电光火石之间抓住了它，留下一团发光的迷雾。迷雾缓缓消散。那其实是血。神秘的生命力在这深海之中，完成自己的循环，在陆地和天空中也是如此。海洋不再比陆地或天空更让人恐惧：只不过是人类要征服的另一个元素、另一片领域。他，玛法图，杀死了巨型章鱼。简直太了不起了！哟呼！呦吼！

　　他手中的船桨有节奏地摆动，思绪也随之轻盈飞舞："明天我就要起航回家！明天，明天！喔吼！"

这个念头突然让他兴奋得颤抖起来。"明天，明天！"他在这里待了太久太久……

他把独木舟拖上沙滩，在船身下面垫好圆木，这样明天很快就能再次下水。他再也不用爬到高地上的瞭望台去了。管他什么食人族呢！

等晚餐烤熟的时候，他开始为回家的航程做准备；这样，他能赶上明天破晓时分的退潮出发。他必须准备好。他往竹子做的容器里灌满淡水，用树叶和胶封住口，保证滴水不漏。接着，他小心翼翼地把竹罐子放进独木舟。他还做了香蕉泥，也密封进竹子容器里；它会慢慢发酵，变得酸甜可口。然后，他摘了二十几个青椰子，一并扔进独木舟里。

他在沙滩上跑来跑去，食物在火上滋滋作响，此刻，他脑中只有一个念头，像是不停歇的鼓点，伴随着他的心跳："明天我就要起航回家！明天，明天！"

他再也不会在族人面前抬不起头来。他经历殊死搏斗，战胜了大海。他依靠自己的智慧与技巧，在孤岛求生。他直面过孤独、危险，甚至死亡，哪怕曾经退缩，最终还是找回了勇气。有时候，他曾经感到深深的恐惧，可他直面了恐惧，战胜了恐惧。这些确凿无疑，就是勇气啊。

当晚，他躺下睡觉的时候，一种发自肺腑的感恩涌上心头。"塔瓦纳·弩伊，"他低声自言自语，"我的父亲，我多想让你因我而自豪。"

他沉沉睡去，一夜无梦。

天未破晓，他被一阵有节奏的轰隆声惊醒，那声音像是有人在击打神灵的鼓。砰砰——砰！砰砰——砰！它冲破海浪拍打礁石的咆哮声，用庄严而神圣的隆隆声响，填满了整个黑夜的宁静空间。

玛法图瞬间清醒过来，直直地坐在垫子上，全身每一个毛孔都在倾听。远处的礁石那边，海浪猛烈拍打，浪花飞溅空中，像是月光之下披着薄纱的幽灵。轰隆声再次传来：砰砰——砰！砰砰——砰！好似平稳的脉搏，在黑暗中心深处跳动……

玛法图知道了——食人族来了。

五 踏浪归来

Chapter five

　　玛法图浑身冒冷汗。他蜷着身体，仔细听，暂时不敢有任何动作。从山那边传来有节奏的声响，像是给他带来厄运的讯号。砰砰——砰！砰砰——砰！他全身的神经都紧绷着，不寒而栗，汗毛倒竖。

　　玛法图小心翼翼，极其谨慎地从屋里爬出来。一轮残月之下，沙滩温柔地发着光。如果有人在沙滩上走动，他一定马上能看见。他停了下来，每根神经都体会着命悬一线的感觉：海滩上空无一人，丛林里四下寂静，幽暗神秘。男孩站直身体。像影子一般，他迅速闪进矮树丛，那里有小路通往高原。丛林前所未有地阴森可怕，危机四伏。栗檀突兀的树根想要抓住他。树藤想要绊倒他。半明半暗之间，树蕨像鬼影一般，簌簌作响，当他跑过的时候，似乎在悄声对他说："时机未到，玛法图，时机未到。"

等他好不容易跑到高地时，已经气喘吁吁。他跪倒在地，匍匐前进，每次往前一两英寸。一不小心，他就可能命丧此地。可他必须搞清楚，他必须弄明白……

砰砰——砰！

他每往前一步，有节奏的鼓点就越清晰一点。现在，它在他耳畔轰鸣，在他体内回响，在他每根神经里盘旋。在高地下面某个地方，黑暗之中，黑色的手在空心的木头上拍打出节奏，召唤着生命，预告着死亡。尤里爬近主人身侧，脖子上的毛倒竖着，它的吠声淹没在鼓点轰鸣之中。

现在，男孩可以清楚地看见圣坛周围的空地。跳跃的火光，照亮了一个他永生难忘的场景。大火熊熊燃烧，投影在玄武岩峭壁上，火苗窜动着，飞舞着，无数火星被晚风吹起，像雨点般落下。现在，隆隆鼓点之上，升起低沉而粗犷的唱诵声。从他这个有利位置，玛法图能看见有六只独木战船被拖上了沙滩。它们真是威武的独木舟，船身很高，曲线优美，用白色贝壳装饰出野蛮部落的纹饰，在火光熠熠中清晰可见。然而，深思恍惚之际，男孩突然看见了在火边旋转跳跃的身影，目不转睛地看着：那些身影像是暗夜的脸一般黝黑，急速奔跑，陡然旋转，跃向空中。食人族，火光映照着他们油亮的身躯，明晃晃的长矛，还有遍插的装饰。鼓点之上，突然响起海螺壳吹出的悲凉音调，像是飘荡在浩渺宇宙之中无法安定的游魂，发出令人毛骨悚然的哀嚎。

玛法图发现，野蛮人装备有铁树做成的武器——战棒，或是铆上了鲨鱼牙齿作钉子，或是嵌上魟鱼刺作倒钩。战棒上面涂满了蜿蜒的条纹图案。巨大的石像巍峨耸立，漠然俯瞰着这一切，就这么看了不知道多少个世纪。

玛法图趴在玄武岩边缘，悄悄看着眼前这奇怪的场景，一动不敢动。他似乎能感觉到，死亡在他身后，朝他的脖子吹着冷气。他从悬崖边缘往后退回来。他必须赶快逃走！就在那一刻，他听见矮树丛那边传来什么东西被碾碎的声音，离他不到二十码的距离。一声从喉咙深处发出的粗砺吼声划破暗夜的平静。男孩绝望地回头看了一眼。四个黑色的身影正穿过丛林朝他飞奔过来；他已经能看见他们了。

　　他迅速转身，沿着来时的小路，埋头狂奔。滑倒，滑动，摔跤，他大口呼吸，却还是感觉窒息。他觉得自己像是掉进冰冷的水中，快要溺毙。他又觉得，似乎曾经在梦里经历过这样的情形，拼命想要逃跑，两条腿却灌了铅一般，怎么也跑不动。只剩一个念头，在这夺命狂奔之际，给他一点勇气：他的独木舟，已经准备好了，正在等着他。他的独木舟。只要在野蛮人追上来之前赶到那里，把它推进水里。他就安全了……

他对这条小路再熟悉不过。这是他的优势所在。他能听见，身后的追逐者，在灌木丛中滑倒、摔跤，用他不熟悉的语言诅咒着、威胁着。玛法图虽然听不懂他们说的是什么，却绝不会误解他们的意图。

男孩像一只拼命逃跑的动物，继续狂奔。荆棘和藤蔓想要绊住他。他被绊倒了，摔了个四脚朝天。然而，他迅速站起身来，继续奔跑。透过树丛，他隐约看见了白色的沙滩，瞬间心潮澎湃起来。下一刻，他已经在飞速跑过沙滩，尤里紧随其后。

独木舟就停在潟湖边。男孩扑上横坐板，用全身的力气把小船推进水中。船身下的圆木，毫不费力地滚了起来。与此同时，黑色的人，怒吼着，从丛林中蹿了出来，飞速跑过沙滩。玛法图一刻不敢耽误。他跳上船，升起船帆。野蛮人追着他，跟进了浅水处。一阵风迅速鼓起船帆。它悠然滑行起来。那些人开始游泳，仍然紧追不放。领头的那个，想要追上来抓住舷外支架。他黑色的手抓住了黄槿桅杆。独木舟慢了下来。玛法图能看见那人露出的牙齿，闪着寒光。男孩举起船桨，狠狠拍了下去。那个人发出一声呻吟，便松开了手，落回水中。独木舟重获自由，轻巧地朝堡礁驶去。

野蛮人放弃了追赶，掉头朝岸边回游。接着，他们沿着横跨岛屿的小路往回跑，一边跑，一边向同伴喊话。玛法图知道，只需要再过几分钟时间，野蛮人就会全员出动追捕他。好在，他有领先优势，再加上他的独木舟相对轻巧。他们的独木舟则必须先绕过小岛的南角，才能再追赶上来。只要风不停。玛法图此刻突然想起来，他在沙滩上看见的那些独木舟并没有船帆。这些黑色的独木舟全靠强壮的人力驱动，要想追上他得使出不少力气。

玛法图的独木舟，轻盈极了，速度像吹过潟湖的和风一样快。现在是退潮，潮水奔腾翻滚着，通过珊瑚礁间的通道朝大海深处奔去。男孩紧紧握住转向桨，虔诚祷告。突然，他遭遇了离岸流。舷外支架像是狂流中的小小浮萍，在通道中急速前进。

从外海吹来的风赶来迎接它。船帆涨得满满；舷外支架被吹得侧了起来。玛法图迎风而上，用自己的体重帮小船保持平衡。他已经起航！回家，回家……

很快，男孩听见野蛮人那有节奏的唱诵声，穿过礁石带的轰鸣传来。他们追过来了！

玛法图转头往回看，隐约可见黑色的独木舟正在绕过南边的岬角。月光下，能看见五十多只船桨，随着唱诵的节奏入水、出水。天色太暗，还看不清楚那些食人族的脸，可是，他们狂暴的歌声，随着距离拉近，听起来越发野蛮可怕。

风，追赶着。蟹爪帆涨满、紧绷，仿佛一块银色大布映照着天空。轻巧的独木舟，精工细作而成，乘着风飞速前进，一个小时可以航行好几节。它就像飞翔在船尾的海鸥一般，敏捷、轻盈、优雅。然而，食人族是划桨的好手，而且心怀杀机。他们神圣的莫图塔布被一个陌生人亵渎了。复仇之心赐予了他们力量。他们不知疲倦。他们追上来了。

风速减慢。起初并不容易被察觉。玛法图敏感地发现了，绝望地向毛伊呼喊。"毛伊啊！不要离开我，"他祈祷，"最后一次——请帮帮我。"

很快，黑色的独木舟近了。男孩能看见黑色的身体，牙齿的寒光，若隐若现的纹饰。假如风停下来，他就输了。黑色的独木舟越来越近，越来越近。一共有六只，每只独木舟上有十个勇士。其中有些站立着，挥舞手中的战棒，隔着海水朝男孩吼叫。他们面目狰狞，足以让最勇敢的心颤抖不已。

时间一秒一秒过去，他们和玛法图的独木舟之间的距离，一点点拉近。

突然，起风了。虽然只是轻轻吹口气一般，但也足够了。借着风势，小小的独木舟翩然前行，男孩心里涌起无尽感恩。毛伊一定是听见了他的祈祷，回应了。

浩渺的太平洋又迎来新的一天。

六只黑色的独木舟紧追不舍，船桨翻飞，时而拉近，时而落后。男孩使出浑身解数，努力驾舟前进。只要风不停，他就应该能安全脱身。他精准驾驭着这只小小的独木舟，让它全速向前。

他明白，等夜幕降临之时，风势很可能减弱，到时候……他强迫自己不去想这些。如果风抛弃了他，那就意味着毛伊也离开了他。可是，野蛮人别想抓住他！到时候，恐怕就轮到海神莫阿那了。男孩低头望向小船外深蓝的海水，冷笑道："还轮不到你，莫阿那。"他喃喃自语，声音虽低却异常坚定，"你还赢不了。还不是时候。"

夜幕低垂，然而风势并未减弱。海上暗了下来，夜色笼罩整个世界。星星出来了，清晰闪亮。男孩搜寻着，希望能找到他熟悉的星座来指引方向。那是小眼睛星座吗？小眼睛星座能否指引他安全返回希库埃鲁？就在这时，他看见了：就在那里，闪闪发光的，是渔夫之神毛伊的鱼钩星座的三颗星星。毛伊的标志。这些正是他的导航星。它们能引领他回家。就在那时，他发觉到，身后追随者的高唱声渐渐变小了。起初，他简直不敢相信。他仔细地听。没错，不用再怀疑：微风轻拂，那声音一点点消失不见。

男孩喝了点水解渴，又吃了一点香蕉泥。夜色越来越深，又逐渐减淡，男孩强撑着，不敢睡去。

破晓时分，追随者的高唱声完全消失不见。广阔的大洋上，再也找不到那些独木舟的踪影。旭日的光芒驰骋在微波摇曳的海面上。远处，一只信天翁的翅膀被朝阳染成金色。会是奇微吗？玛法图一时分辨不出。海风轻拂。那个高耸的海岛已经消失在海平线外，随之消失的还有那些食人族。可是，当初带着他轻松远离希库埃鲁的洋流，如今似乎要和他作对。

　　他根据风向不断调整船头方向。然而，过了很久，虽然小船在破浪而行，他却似乎总在原地打转。似乎有一个力量，拉扯着他，让他难以前进一步。难道是无情的莫阿那，要阻止玛法图返回故乡？

　　"也许，"男孩有些身心俱疲的感觉，"毛伊还不认为我有资格回去。我心中是否还有一丝畏惧？是这个原因吗？"此刻，他每一条神经和肌肉都已经疲劳不堪，疲倦感深入骨髓，他没了一点力气再挣扎下去。

　　时间不紧不慢地过去，太阳一点点往上爬。玛法图把转向桨绑紧，有一搭没一搭地睡了过去。尤里躺在船帆的影子里。太阳仿佛沉入炼狱的熊熊烈火之中，有如世界末日一般。夜晚来了，又悄悄地走。似乎火光一闪，黎明就这么来了。玛法图的独木舟仍然在洋流上翩然前行，时而朝这个方向，时而又转向另一方。

他很快就会意识到，未来很长一段日子，每天都会是这样的循环往复：白天是不断的炙热与烈日灼烧，夜晚是短暂的喘息和睡不安枕。唯有大海和天空，大海和天空。不时出现一只海鸟，鱼儿跳出海面，男孩和他的孤舟。全部在这里了。

日复一日，玛法图在空中搜寻雨的迹象。暴风雨，随便什么都行，都能打破无边无际的大海之上这无尽的单调，带来一丝久违的慰藉。他储存的香蕉泥没有了。青椰子也都不见了。他仔细守着淡水，一滴一滴地喝，一点也不敢浪费。然而，喝完最后一滴水的时刻终将到来，到那时……

　　暴风雨的时节早已经过去。这些日子，万里无云。一睁眼天就亮了，像平地一声惊雷；夜却徐徐而来，像橄榄球划过一道长长的弧线。大海波光粼粼，温柔荡漾。毒辣辣的太阳，一刻不被打断，没有丝毫遮挡。晚上，毛伊的"鱼钩"星光闪耀，像是朋友和善的目光，劝说着玛法图继续向前；火炬鱼突然像飞镖一样，从大海深处冲向海面，只见幽暗的海水里发出奇怪的光亮。独木舟缓缓前行，进入不同的洋流区域，风松懈下来，彻底停了。这风，陪伴了他如此之久，直到现在。船帆扁平了下来，似乎在死寂的空气里僵住。独木舟随着缓慢的神秘洋流漂动。海浪似乎永不停歇地起伏摇动，像是大海唱出的黑色摇篮曲，哄得男孩半睡半醒。海水拍打船头，潺潺低语，像是母亲温柔的安慰。

　　每天新出的太阳，仿佛比前一天的还要炙热。大海像是一面炽热的铜镜。大团大团的海藻，裹着鱼卵，在几乎停滞的水上漂着，像是伸出手来把独木舟抓住，不让它去往目的地。希库埃鲁，群岛——真的存在吗？它们会不会和鹦鹉螺一样，只不过是大海幻想出的彩虹？鲨鱼开始出现——每当有船静止不动，它们总是如约而至。一只背鳍，比其他鲨鱼的都要大，缓缓跟随独木舟，并排而行；它距离恰到好处地远，如此一来，玛法图就看不见它潜在水下的身体。可他能从背鳍的大小看出来，这是一头虎鲨。它始终让玛法图忐忑不安。从此，他在晚上不再绑好转向桨，也无法安心睡觉。

船帆无力低垂。男孩不得不长时间地划桨，直到他肩膀和手臂肌肉生疼，每一条肌腱都精疲力竭。每当夜幕降临，黑暗带走烈日灼烤，带来一丝喘息，他总能望见毛伊的鱼钩星，指引他继续前进。然而，此刻当他抬头望着这个古老的星座，心头掠过一片疑云。希库埃鲁，它在哪里？它在哪里？大海沉默不语。

"毛伊，"男孩低声说，"你已经离开我了吗？你是否看到了我的心，听到了我的求助？"

突然间，像琴弦突然崩断了一般，他陷入深深的绝望与无助。毛伊一定是抛弃了他。现在轮到海神莫阿那了。大海深邃清冷，正张开双手等待玛法图投入它的怀抱。小小的漪涟像是伸出挥动的双手，轻轻拍打着船壳。他朝船外看出去。在深不见底的冰冷海水中，他似乎看见了人的脸庞。也许是妈妈的脸……他用手使劲揉眼睛。难道他被太阳晒傻了吗？还是被月亮照得精神错乱？他忽然跪倒在地，怒火中烧：他怨恨这黑暗的力量，这伺机摧毁他的大海。他声音粗粝沙哑，喉咙里怨气翻腾。

"莫阿那，你这个海神！"他怒吼道。"你！是你害死了我的母亲。你总想把我也毁了。我在梦里都害怕着你。因为我害怕你，族人也都看不起我。可是现在——"他几乎要窒息；连忙双手抓住自己的喉咙，不让它热得烧起来，"现在，大海，我再也不怕你了！"他发出野兽般的咆哮。他一跃而起，仰面朝天，张开双臂，蔑视一切，"你听见我了吗，莫阿那？我一点也不怕你！敢来毁了我？我嘲笑你。你听见没有？我嘲笑你！"

他的声音虽然嘶哑，却充满胜利的渴望，划破沉闷的空气。他坐在船里，笑到痉挛的时候，身体颤抖起来。痉挛折磨着他的身体，耗尽了他的气力，他不得不躺着大口喘气。尤里在主人身边，轻声呜咽。

往东北方向看，远方大海之上，有一片阴霾发出微光。有时候，环礁的潟湖之上，会出现这样的光晕。它是潟湖反射到低空的影像。男孩抬起头，木然望着它，起初并不以为意。

"光，"他终于明白了，低声说，声音掩藏不住震惊之情，"潟湖之火！"

空中传来一阵喧嚣，那是强有力的翅膀震动发出的声音：一只信天翁，周身染上光彩，在独木舟上空盘旋。它飞到低空，温柔探索的眼睛注视着男孩和他的狗。鸟儿不费一丝力气地攀上高空，径直朝前飞去，很快消失在潟湖之火中。奇微……

男孩艰难地爆发出一声呼喊。他紧闭双眼，唇间尝到一滴咸水的味道。

人们聚集在海滩上，注视着小小的独木舟穿过礁石间的通道。那是一只做工精巧的独木舟。人们起初以为里面是空的。他们屏住呼吸，一言不发，心中不免惊恐，像是被一只冰凉的手抚过脊背。接着，他们看见一个人头探出船舷外，一个消瘦的男

孩挣扎着坐起来，紧紧抱住船舱中梁。

"天哪！"人群中爆发出惊呼声。他们大喊着，像是看见鬼魂从大海归来。

可是，这个翻进浅水里，挣扎着走上沙滩的男孩，有血有肉，只是衣衫褴褛，身形消瘦。他们看见男孩胸前有一串野猪獠牙做成的项链闪闪发光；他的手中握着一只精妙的矛。塔瓦纳·弩伊，希库埃鲁伟大的首领，走上前去，迎接这个陌生人。勇敢的年轻人先是停住脚步，继而迎上前去。

"我的父亲，"玛法图放声大哭，"我回家了。"

伟大首领的脸上惊喜万状。这个勇敢的年轻人，虽然身体瘦弱，却有着精美的项链和闪光的长矛，眼睛里燃烧着勇敢的火焰——他的儿子？男人愣在原地，直直地看着，似乎不敢相信自己看到的一切。接着，一只黄色的小狗也爬过独木舟的船舷，掉到主人脚边。尤里……远处的天空中，一只信天翁展开染成金色的翅膀，自由翱翔。此刻，塔瓦纳·弩伊转身朝着族人大喊："我的儿子从大海上归来了。玛法图，勇敢的心。勇敢的男孩，才配得上这勇敢的名字！"

　　玛法图摇摇晃晃地站起来。"我的父亲，我……"

　　不等儿子跌倒，塔瓦纳·弩伊接住了他。

　　这是发生在很多年以前的事了。那时候，商人和传教士尚未踏入南太平海，波利尼西亚人仍然数量庞大，生性勇猛。可是直到今天，入夜以后，希库埃鲁人仍然会围坐在篝火旁，唱颂着这个故事。

图书在版编目（CIP）数据

你那样勇敢／（美）阿姆斯特朗·斯佩里著；李玉婷译．
一昆明：晨光出版社，2018.4（2025.7 重印）
ISBN 978-7-5414-9304-1

Ⅰ.①你… Ⅱ.①阿… ②李… Ⅲ.①儿童小说－短
篇小说－小说集－美国－现代 Ⅳ.① I712.84

中国版本图书馆 CIP 数据核字（2017）第 322567 号

著作权合同登记号 图字：23-2018-145号

NI NA YANG

你那样
YONG GAN
勇敢

出 版 人 杨旭恒

作　　者　〔美〕阿姆斯特朗·斯佩里
翻　　译　李玉婷
绘　　画　贾雄虎　　陈　伟
项目策划　禹田文化
责任编辑　李　政
项目编辑　于海子
版权编辑　杨　娜　　陈　甜
美术编辑　沈秋阳
封面设计　萝　卜
版式设计　小　川

出　　版　晨光出版社
地　　址　昆明市环城西路 609 号新闻出版大楼
邮　　编　650034
发行电话　（010）88356856 88356858
印　　刷　北京润田金辉印刷有限公司
经　　销　各地新华书店
版　　次　2018 年 4 月第 1 版
印　　次　2025 年 7 月第 22 次印刷
开　　本　145mm×210mm　32 开
印　　张　5
I S B N　978-7-5414-9304-1
字　　数　46 千
定　　价　22.00 元